JN109415
王女殿下はお怒りのようです
5.邂逅、そして
Royal Highness Princess seems to be angry
author
八ツ橋 皓
illustration
凪白みと

左目が熱を帯び、
ナイフでも突き立てられたような激痛が走る。
それでも一歩一歩探るように、
着実にレティシエルは
二つの式を融合させていく——

「君に会えることを
ずっと待っていたよ、レティシエル」

この世界では誰も知らないはずの名前を、
仮面の少年ははっきりと声に出して告げた。

王女殿下はお怒りのようです

5．邂逅、そして

八ツ橋 皓

Royal Highness Princess
seems to be angry

5.

邂逅、そして

CONTENTS

イラスト　凪白みと

CHARACTER

Royal Highness Princess
seems to be angry

ジーク・ヴィオリス

ルクレツィア学園に通う唯一の平民。ドロッセルとは友人関係にある。

ドロッセル＝ノア＝フィリアレギス
(レティシエル・リジェネローゼ)

フィリアレギス公爵家の次女。千年前のアストレア大陸戦争時の記憶を持つ。

ロシュフォード＝ベルアーク＝アレスター＝プラティナ

プラティナ王国の第一王子。昏睡状態から目覚めるも、記憶喪失に。

クリスタ＝アマリリス＝フィリアレギス

フィリアレギス公爵家の三女。ドロッセルの双子の妹。

ルヴィク・レイン

ドロッセルが六歳の時から彼女に仕えている専属執事。

エーデルハルト＝ノウル＝アレスター＝プラティナ

プラティナ王国の第三王子。常日頃から各地を飛び回り、王都にほぼ寄り付かない。

サリーニャ＝ミレーヌ＝フィリアレギス

フィリアレギス公爵家の長女。何かとドロッセルにちょっかいをかけていたが……。

ニコル・ラベンデル

ドロッセルがかつて助けた侍女。今はドロッセルに仕えている。

序章　赤い星

灰色の岩石の壁がとてつもない圧迫感を醸し出し、空が灰色なせいもあってまるで空気そのものが重く肩にのしかかっているようだった。

長い年月をかけて自然が削り出した広大な岩石の迷宮を、二人組の少年少女が慎重に進んでいた。

年端もいかない子どもたちだった。あちこちがほつれたボロボロのローブをかき寄せ、風に飛ばされないよう押さえつけている。

擦り切れて足の指が靴から見えていることから、かなり長い間歩き続けてきたことが見て取れる。

『　』

少年のほうが何か言っている。

『　』

少女のほうも何か返している。

二人の会話の内容までは聞こえない。しかし少年は不安げな、少女は真剣な表情を浮かべていた。

少女が先頭を行き、半歩後ろから少年がついていっている。彼の頭には白い包帯が巻かれており、彼の右目を覆い隠している。

歩きながらも少年は少女に何か言っている。それに対して、振り返った少女は不機嫌そうに眉をひそめた。

『　　』

少年の肩をガシッと摑まえて、目を合わせて少女は何か言って少年を説得している。

しかしあまり乗り気ではない様子の少年を見るに、二人の間に意見の相違があるように思えた。

包帯で隠された少年の右目に、少女がそっと触れた。

そのまますると包帯がほどけ、その下から燃え上がる炎のような赤い瞳が姿を現した。

『　　』

少女はまだ何か話している。今度はかなり長い。

その話を聞きながら、パッと右目を手で隠しながら少年はおずおずと頷いている。

納得しているかはわからないが、とにかく反論をしなくなった少年に、少女は両手を腰に当て得意げに笑った。

どうして幼い子どもたちがこんな場所にいるのか。

どうして迷路の向こうへたどり着こうとしているのか。

二人は変わらず先へと進む。時々吹いている砂ぼこりの交ざる風が、二人の着ているローブを巻き上げる。

無数に枝分かれする通路を慎重に進んでいった先に、朽ちかけた神殿のような遺跡が見えた。

『！』

その瞬間、少女の顔がパッと輝く。そして少年の手を掴むと、彼女はそのまま一直線に遺跡の入り口へと駆けていく。

そして石のアーチは一瞬で二人を呑み込む。あとには荒れて痩せた土と武骨な遺跡だけが残された。

＊＊＊

「ねえ、ミルくん」

「その名前で気安く呼ぶな」

「まぁまぁ、固いこと言わないでくれって」

「静かにしろ」

ジャクドーとミルグレインが軽口を叩き合っているのが聞こえる。

その会話によってまどろみから引き上げられ、億劫そうに少年はゆっくりとまぶたを開いた。

ぼやけていた焦点は、何度か瞬きを繰り返せば次第に定まってきた。

どうやら昔の夢を見ていたらしい。

そばに置いた仮面を手に取り、忌々しげに顔をゆがめる。

もうずいぶん長い間、過去の記憶なんて夢に見ることなどなくなっていたのに……。

「……」

少年が座っている石の椅子の正面には、無数にヒビが入った大きな窓がある。

その向こうには満天に星がきらめき、その星々に紛れてもなお爛々と輝いている赤い星が見えていた。

「……あれ？　起きたんですか、ダンナ」

椅子から立ち上がって少年が窓のそばまで移動すると、それを見つけたジャクドーが声をかけてきた。

少年は特に返事はしなかった。そういう気分ではなかった。

「おはようございます、マスター」

「おはようという時間ではないだろう」

「はい、その通りです」

ミルグレインが頭を下げる気配がしたが、少年は振り返らなかった。いちいち彼らの様子を見る必要などない。

「お？　珍しくなんか見てますね～」

ヘラヘラと笑いながらジャクドーがおどけた動きで近寄ってくる。少年の肩越しに、窓の向こう側をのぞき見しているらしい。

「ほほぅ？　もしや星を見てるんですか？　ダンナでも情緒に浸るってことがあるんですねぇ？」

「うるさい、放っておけ」

「いいじゃないですか、俺だって星を見るのは嫌いじゃないんですよ～？」

睨みつけてもジャクドーはどこ吹く風で、しかもニヤニヤしている。

この男の、こういう、人をおちょくっているような言動と性格が、少年は昔から気に食わない。

「しっかし、時間が経つのは早いですよね～。あれからもう十三年も経ってるんですから」

「……」

「おい、ジャクドー。マスターに軽々しい口を叩くな」

「いたっ！　ちょっとミルくん、そんな全力ではたかなくてもいいじゃないか」

毛を逆立てていそうなほど殺気立っているミルグレインを、相変わらずジャクドーがのらりくらりとかわしている。

南の空に光る赤い星を見上げる。今のあの星が空にかかるようになったのは、十三年前からだと聞く。

あの星が自分自身であることを、いつ頃からか少年は自覚していた。

この体の寿命そのものは十八年ほどだが、少年の自我が精神と肉体を乗っ取ってからはまだ十三年だ。

少年が自我を持っている間、空には決まってあの禍々（まがまが）しい赤い星がかかる。天文学者たちは、そんなことなど知る由もないだろう。

もう少しだ。もう少しで、長年の悲願を達成できる。

そうすればきっと、これから先あの星が空に浮かぶことはなくなるのだろう。

「おい、じゃれるなら外でやれ」

「じゃ、じゃれてなどおりません、マスター！」

「はいは〜い」

ミルグレインを観察して面白がっているジャクドーが、一瞬だけこめかみを押さえたのを少年は見逃さなかった。

「……」

「ん？　どうしたんですか、ダンナ」

「……………」

「そんなに見つめなくとも、まだくたばる予定はありませんよ」

やれやれといった様子で、ジャクドーは両手を上げて降参のポーズをとってみせた。

この三人の中で、赤い目を持って一番三十歳に近いのはジャクドーだ。気に食わない奴だが、今彼に抜けられるのは困る。

「当然だ。計画はすでに最終段階に入っている。このタイミングで、貴様を天寿でぽっくり逝かせると思うか？」

「アッハッハ、ダンナって鬼ですよね～」

寿命なんてどうにもできないじゃないですか、なんて言いながらジャクドーは心底楽しそうだ。相変わらずこの男は口が減らない。

「しかし……大丈夫なんでしょうか？」

「何がだ？」

「精霊側がすでにあの女と接触しています。高い確率で両者は手を結ぶのでは……？」

「たとえそうなったとしても、我々は迅速に計画を進行させるまでだ」

それに、どのみち計画はもうすでに最終段階に入っている。今更誰にも止めることなんてできない。

「そういえば、マスター。例の物品はいつ頃取り返すおつもりで？」

手袋をつけた両手を交互にさすりながら、ミルグレインがそう訊ねてきた。

「まだしばらくはそのままにしておく」

「呪術に関する手掛かりを敵に残してしまうのでは？」

「むしろそれが目的で、わざわざ聖レティシエル教会に置いてきたのだ。餌をまいてやらねば、獲物も食いつかないだろう」

「なるほど……そういう意図があったとは知りませんでした。出過ぎたことを申しました」

「適当に頃合いを見てお前が回収してこい。タイミングは任せる」

「かしこまりました、お任せください」

一切の迷いもなく、二つ返事でミルグレインは頷く。ジャクドーと違って、この男はどんな命令にも絶対に服従する。

そばに置いても絶対に自分を裏切ることがない。

「ねぇ、ダンナ」

口の端に微笑みを浮かべながらジャクドーが言う。しかしその目はまったく笑っていなかった。

「……なんだ」

「ダンナはさぁ、この戦いで俺に何を見せてくれるんですか?」

「……」

またか、と思わず舌打ちしたくなった。

この頃、ジャクドーは事あるごとにこちらの意図を探るような質問をしてくる。

多分公爵領での一件で、少年があの娘に必要ないアプローチをかけたと思っているのだろう。

あれらはすべて計画を実行するのに必要なことだったと、いったい何度説明すれば気が済むのか。

実にくだらない心配をする。

「そう何度も聞かなくとも、貴様が望んだものは必ず見せてやる。でなければここまで貴様を使ってはいない」

真っ向からジャクドーを睨み返しながら少年は吐き捨てる。彼との契約は一度たりとも忘れたことはない。

「くだらない勘繰りをする暇があるなら、貴様は貴様の為すべきことを為せ」

「……はいはい、じゃあ楽しみに待つことにしますよ。相変わらず手厳しいなぁ」

「ふん」

ジャクドーは先ほどの目つきはいずこに、目を線にして笑っている。もう一度ジャクドーを睨みつけ、少年は大股で歩き出す。

「ダンナ、俺を失望させないでくださいね～」

背後からボソッとそんな声が聞こえてきたけれど、少年は無視してその場を立ち去った。

一章　裁きの行方

王都ニルヴァーン郊外の屋敷にレティシエルが戻ってきたのは、フィリアレギス公爵領の反乱鎮圧から八日後だった。

複数の騎兵によって護衛されながら、レティシエルは馬車の窓際に頬杖(ほおづえ)をついて窓の外をぼんやりと眺める。

現地に駐在していた一部の軍も一緒に引き上げており、残りの兵たちは今もエーデルハルトと一緒に領地に残っている。

正直に言えば、レティシエルも領地に残って調べたいことが山ほどあったが、自分の微妙な立場と体調のことで、控えるようにエーデルハルトに説得された。

でも出発する前に、もし何かわかったら戻った後必ず伝えると、エーデルハルトは約束してくれた。

だからレティシエルもひとまずは大人しく王都に戻ることにしたのだ。

「到着いたしました」

「ありがとうございます」

馬車は屋敷の正面玄関の真ん前に停車し、声をかけてくれた御者に礼を言ってレティシエルは馬車を降りる。

　この馬車はレティシエルたちのためにエーデルハルトが手配したものであり、当然レティシエルが操縦することなんて許可されるわけもない。

「先日お伝えした裁判の件についてですが、詳しい日時などは追ってお知らせしますので」

「わかりました。それまでは外出は控えるべきでしょうか？」

「そうですね……生活上どうしても外出せざるを得ない場面以外は、できるだけ自粛していただけたら……」

　予想通りの返答にレティシエルは頷く。

　良くも悪くも、レティシエルは今回の反乱では最重要と言ってもいい関係者である。勝手な行動をしたり、万が一逃げられたりするのを防ぎたいのだろう。

　それからこまごまとした連絡事項を残し、馬車とともに護衛たちは去っていった。

　ルヴィクやニコルと一緒にレティシエルは家に戻る。ここを飛び出したのがつい先日のような気分だ。

　でも公爵領に行った日から数えれば、二週間くらいは屋敷を留守にしていただろうか。

　とにかくしばらくぶりの家は変わらず美しく整えられている。

「お、お嬢様!?」

　エントランスホールに入ると、ちょうどホールの花瓶の花を取り換えていたクラウドが、驚きのあまり持っていたじょうろを取り落とす。

そのせいで中に入っていた水はすべてホールの床にぶちまけられてしまい、敷いてあるカーペットに染み込む。

「す、すみません……あ、おかえりなさいませ」

「気にしないで、ただの水なんだから。ただいま、クラウド」

急いでじょうろを拾ったり、持ち歩いている雑巾を出したりと慌ただしく挨拶をするクラウドに、レティシエルは思わず苦笑した。

この二週間あまりは、短時間でかなりいろいろな出来事に振り回されてきたから、ようやく日常に帰ってきたのだとホッとした。

「留守の間、何かあったかしら？」

「特に何も……でも、ご学友の方から何通か手紙が届きました」

「まぁ」

思わず目を瞬(しばた)かせる。ご学友と言われただけでは誰かはわからないが、ジークたちの誰かであることは間違いない。

「手紙は勝手ながら、お部屋のデスクの上に置かせていただきました」

「ありがとう、あとで読むわ。ずっと留守を預ってくれた分、クラウドには休暇を手配しなくてはいけないわね」

「そういうわけにはいきませんよ。庭の整備の仕事だってまだまだあるんですし」

クラウドはこう言っているが、レティシエルの中ではすでに彼に休暇をあげることは決定事項となっていた。

もともと三人しかいない使用人のうち二人が一時的に抜け、すべての業務を一人で担ってくれていたのだから、きちんとした休息は必要だろう。

とはいえ今は関係者一同、許可のない行動は自粛するよう言われているから、休暇は裁判終了後になるかもしれないけれど。

「あの、クラウドさん、私もう何枚か雑巾取ってきますね」

「いやいや、戻ってきたばかりで疲れてるだろ」

「大丈夫です！　ここまでは馬車に乗せていただいたので疲れてませんから！」

「あ、おい！」

久々にクラウドに会えてニコルも嬉しいのか、クラウドの制止も聞かずパタパタと奥の廊下へと走っていった。

「元気だな……」

「嬉しいんじゃないかしら？　ニコル、クラウドにかなり懐いていたじゃない」

「まぁ、確かにニコルを見ていると、娘がいたらこんな感じなのかなって思いますけどね」

掃除などの合間に、ニコルが庭でクラウドに植物講義を受けている場面を、レティシエルは何度か窓から見かけたことがある。

クラウドには息子はいるけれど娘はいない。植物や花に興味を持って、真剣に話を聞いてくれるニコルを、クラウドも実の子のように気にかけている。

いつか庭師としての極意を伝授してもいいかもしれない、と上機嫌に話していたこともあるくらいだ。

「このカーペット、どうしますか？」

「水をこぼしただけだし、干して乾かせば問題ないと思うわ。ルヴィク、手伝ってもらえる？」

「……」

「ルヴィク？」

「え、あ、はい、わかりました」

後ろにいるルヴィクに声をかけるが、ルヴィクはぼんやりとどこかを見ていて気づかない。

もう一度名前を呼ぶと今度は反応してくれたけれど、やっぱり心ここにあらずという感じだ。目が泳いでいる。

「……？　ルヴィク、どうかしたの？」

「いえ……」

「もしかして、疲れてる？」

「えっと……まぁ、そうかもしれません」

もしや領地からの移動で疲れたのか、それとも領地での事件の間に何かあったのか。

聞いてみるものの、ルヴィクの返答は曖昧なものだった。

歯切れの悪いルヴィクの態度に、レティシエルは他に何を聞いたらいいかわからず黙ってしまう。

「それなら、このあとお茶にしたらどうですか？　ちょうどバタークッキーがたくさんあるんですよ」

そこへ双方の間に漂う奇妙な空気に気づかず、濡れたカーペットをクルクル巻きながらクラウドが提案してきた。

「バタークッキー？」

「はい。買い出しに行ったとき店で安売りしていたので」

「……では自分はお茶の準備をしてきますね」

するとまだレティシエルが了承もしていないのに、ルヴィクはそう言って足早にホールを横切っていった。

いきなりの出来事で止める間もなかった。やっぱり様子がおかしい。普段のルヴィクなら、こんな行動は絶対にしないはずだ。

それに、なんだか、この場から早く離れたがっているようにも見える。

「……ルヴィクの奴、何かあったんですか？」

「さぁ……？」

本当にどうしたんだろう？

クラウドが怪訝そうに訊ねてきたが、レティシエルにも何が何だかさっぱりわからない。

そそくさと去っていくルヴィクの背中を見送りながら、レティシエルは心に一抹の不安を覚え、首をかしげた。

＊＊＊

それから数日後、裁判の開催日程が正式に決定し、レティシエルのところにも通達が送られてきた。

裁判というものは原告と被告がいて初めて成立するが、今回は王家が原告となって公爵家を訴える形で進めることになっているらしい。

実際に公爵家の反乱を鎮圧したのも、その後の始末や調査を行ったのも王家だし、適役だと思う。

こうした裁判は公開して行われる場合もあるらしいが、フィリアレギス家は一応五大公爵に数えられる家なので、主要貴族や中央官僚たちだけで行うこととなっている。

（……それまでは相変わらず暇ね）

外出は自粛しているから特にやることもないまま当日を迎え、レティシエルは王城から派遣された馬車に乗って城へ行くこととなった。

ちなみに領地に滞在していたニコルとルヴィクについては、裁判の関係者ではないということで自宅待機である。

ルヴィクとは違う、面識のない御者の運転する馬車に揺られ、見知らぬ侍女と搭乗しながら、レティシエルはジッと窓の外を眺める。

行き先は王城の敷地内にある正法院、このプラティナ王国での司法の裁きを一手に担っている場所だ。

薄い灰色の壁と柱で建てられ、円柱状になっている四階建ての建物は無機質で武骨な印象を受けるが、同時に見る者を圧倒させる迫力がある。

庶民や下級貴族の案件を扱う場合は、市井に置かれている支院が使われるが、今回のように上級貴族や王族などを裁く際はここが使われるのが一般的なのだとか。

「お待ちしておりました、ドロッセル嬢」

馬車を降りてエントランスホールに入ると、御者と入れ替わるようにライオネルがレティシエルのことを待っていた。

「わざわざ出迎えていただきありがとうございます、ライオネル殿下」

「いえ、この時間だと手が空いているのは私だけですので」

チラと廊下のほうに目をやり、ライオネルは苦笑いを浮かべながらそう言った。

裁判の準備があるからか、廊下を行き来している役員たちは資料などを片手に指示を飛ばしている。

確か正法院は少数精鋭型の機関だと聞いたことがあるような、ないような……。

「本当はエーデルハルトがあなたを案内したいと言っていたのですが、裁判に提出する資料整理で手が離せないようで」

「そうですか」

あの王子、いつの間に領地から帰ってきていたのかしら。

「ここで立ち話をしているのもなんですし、早速席まで案内しますね」

「お願いいたします」

そう言ってライオネルは中央階段を上り始めた。レティシエルもそのあとに続く。

正法院の一階にはホールや客間があり、二階より上が裁判所となっている。

二階には被告台や裁判員席、傍聴席があり、三階は吹き抜けで座席が壁際にぐるっと一周ついている。

そして四階の席は、特別な客が裁判を傍聴するために使われるボックス席が五つほど並んでいる。一番真ん中の一室にレティシエルは通された。

「……」

個室の中にはゆったりとした椅子が置かれ、正面に開いたアーチ状の空間の左右には深紅のカーテンが束ねられている。

アーチから見下ろすと裁判所を一望できた。

ここはちょうど裁判員席の正面らしく、王の席の後ろには天井まで届きそうな巨大なステンドグラスが見える。

剣と天秤(てんびん)を持った天使のような人物が、外からの光に照らされて浮かび上がっている。もしかして裁判を司(つかさど)る神か何かだろうか。

「どうされました？」

「いえ、ここで裁判を傍聴するのだと思いまして」

「すみません。通常の席に通せたらよかったのですが……」

「気になさらないでください。自分の立ち位置は理解しているつもりです」

一般傍聴席に通さなかったのは、レティシエルが今回の裁判において極めて面倒な立場に置かれているからだ。

裁判で裁かれる側でありながら、今回の事態を収拾に導いた一番の功労者。下手に聴衆

に姿をさらすと、下手な勘繰りや余計な憶測が飛びかねないだろう。

「では私はこれで失礼しますね」

「ええ、ありがとうございました、殿下」

ライオネルが退出すると、レティシエルは椅子に座ってそのまま裁判開始まで待つ。どうせ他にやることもない。

しばらく待っていると下のほうから徐々にざわめきが聞こえてきた。様子を見てみると、傍聴席が参列者たちによって少しずつ埋まってきている。

今回の裁判は聴衆が限定されているため、三階の席はどうやら使われないらしい。

カーンカーン……。

やがて二階の席が埋まった頃に場内に鐘の音が響き、二階奥……王の席に通じる扉が開き、オズワルドと裁判長たちが入ってきた。

場内は一瞬で静まり返り、オズワルドたちが着席するまで皆黙ってその様子を見守る。

「それでは、これより裁判を開廷いたします」

白髪が目立つ初老の裁判官の声は、天井の高い裁判所内によく響いた。

「被告人を、これへ」

裁判官がそう続けると、扉が開く重厚な音が下のほうから聞こえてきた。

レティシエルの席から見えないということは、多分この真下にある扉なのだろう。

前後左右を兵士たちにガッチリと囲まれ、スカルロとディアンヌが相次いで入廷した。

その後ろからはクリスタも続いている。

レティシエルの姿がないことには誰もざわつかなかった。

ここに集まっている面々は国の上層部に携わっている人たちだし、もしかして大まかな事情を知っているのかもしれない。

「……？」

そこで扉は閉まり、レティシエルは被告台に上がった面々に思わず首をかしげる。

サリーニャの姿が見当たらないのだ。フリードがここにいないのは仕方ないとして、どうして彼女までいないのだろう。

寝たきりや意識不明など、台上に立つことができない場合を除いて、裁判の欠席は認められないのに……。

「なお、被告人フリードにつきましては、被告台に参上することができない状態であるため、この場を欠席しております」

詳しい容体は明かされることがなかったが、おそらく彼は今も精神が崩壊したままなのだろう。

そんなことを考えつつ、レティシエルは裁判官の次の言葉を待つ。

サリーニャがここにいない理由が気になるのはレティシエルだけではないようで、傍聴席でも訝しげにささやき合っていた。

「さらに、被告人サリーニャにつきましては、現在行方不明となっているため、真偽を問うことができないことにより、判決は保留とすることを事前に明言させていただきます」

「！」

レティシエルが息を呑んだのはもちろん、会場内もどよめいた。

ただ公爵家の面々は事前に事情を聞いていたのか、多少の動揺を見せつつも、周囲のざわめきにも狼狽えずにいた。

「……何があったの？」

領地での出来事をレティシエルは思い返す。確かレティシエルが領地を旅立ったときには、サリーニャはまだ領地に残っていた。

レティシエルが去ったあとに何かあったのか、それとも帰還時に何か衝撃的なことに遭遇でもしたのか……。

「まず、公爵領における公爵家と黒鋼の騎士団の癒着、及び酒類の不法製造の罪について審議いたします」

手元付近にいくつか積まれている巻物の一つを手にし、裁判長はそれを広げて中身を読み上げる。

「スカルロ＝ジョアン＝フィリアレギス、並びにディアンヌ＝マリー＝フィリアレギス。

この度の公爵領における暴動の責任、及びそれらに付随する罪状について何か申し開きはありますか？」

裁判長の言葉に、スカルロは青い顔でわなわなと唇を震わせた。ディアンヌに至っては放心したようにその場に突っ立っている。

「わ、私はそんな事実存じ上げません！」

「自身の親族である者たちの行いを把握することも、当主として必要な務めです。それは我が国の法律において、貴族家当主の責務であると規定されています」

「……っ」

震える声で反論を試みたスカルロだったが、裁判長の返答にはぐうの音も出ないようだった。

「それに、貴殿らにはこれ以外にも複数の余罪が存在しております」

「ほ、他に私たちになんの罪があると……」

「まず、ディアンヌ＝マリー＝フィリアレギスの保有する薔薇園で、バラに紛れて違法薬物の原材料である植物が栽培されていることが、調査により明らかになっています」

「なっ！」

その言葉に目を剝いたのは、それまで抜け殻のようになっていたディアンヌだった。

「何をいい加減なことをおっしゃっているの!?　わたくしの薔薇園がなんの関係があると

言いますの！　捏造しようとしたってそうはさせませんわよ！」

「ディ、ディアンヌ！」

「あの忌々しい小娘と結託して、わたくしを貶めようとしているのでしょ!?　知っていますのよ！　そんな植物なんてわたくしが知るわけありませんわ！　どうせあいつがわたくしに罪を着せるために忍ばせたんですわ！　謝罪なさいドロッセル！　謝罪なさい！　謝罪なさい!!」

　どうやら彼女は『ドロッセル』にすべてを責任転嫁しているらしい。

　今にも暴れ出しそうな妻を、スカルロはどうにかしてなだめようとしているが、逆に殴られてしまっている。

「謝罪はいたしません、これは紛れもない事実です。現に件の薔薇園を捜索したところ、このような植物と、それに由来する薬物が見つかっております」

　裁判長の言葉を裏付けるように、その背後に立っていた官僚が手に持ったトレーを掲げた。

　トレーの中にはそれぞれ違う種類の葉や根が入れられており、さらに袋に入った奇妙な白い粉末もある。

　もちろん肉眼では遠くて見にくいので、自分に遠視魔術をかけて見ている。

「これらは栽培・貯蔵されていたもののうちほんの数種ですが、どれも国で規制されています。建設申請書も入手済みです。そこにはフリード＝トマス＝フィリアレギスとディアンヌ＝マリー＝フィリアレギスのサインが明記されています」

「だからそんなものドロッセルが書いたものに違いありませんわ！　あの小娘はどこにいますの!?　出てきて白状なさい!!」

「ですが、鑑定の結果サインの筆跡は確かに貴殿のものと特定されました。たとえ薔薇園の用途を知らずとも、その悪事の一端を担い、このような事態を引き起こす原因を生み出したことに変わりはありません。違いますか？」

「ひっ」

淡々と抑揚なく事実を明示し、冷たく視線を鋭くする裁判長に、蛇に睨まれた蛙のようにディアンヌは小さい悲鳴を上げ、それきり静かになった。

「さらに、フィリアレギス領に存在する黒鋼の騎士団の本拠からは、フリード＝トマス＝フィリアレギスと団長の直筆で書かれた契約書も見つかっています。栽培された薬物も加工後、騎士団との取引に用いられていました」

「……!?　きっと、な、何かの間違いでは……」

「筆跡については司法省の筆跡鑑定官が調査を行い、フリード＝トマス＝フィリアレギスのものと断定されております。貴殿は鑑定官の目が曇っていたとおっしゃるつもりで？」

「……ぐっ！」

後から聞いた話だが、国の裁判などを管轄する司法省には、筆跡を専門的に解析する官僚がいるらしい。

筆跡鑑定には魔法は使われず、当然仕事に高い正確性が求められるので、就任するには多数の試験をパスする必要があるのだとか。

サインや捺印などで契約や取引が行われるプラティナ王国で、書き手の特定には筆跡が必要なのだろう。

千年前は文字による伝達は最小限だったからそんな職はなかったな、と王国の司法に明るくないレティシエルは、裁判中だというのに思わずそんなことを思ってしまった。

「……フ、フリードとて騙されていたんです！　そ、そうに違いありません！」

スカルロは必死に大声を返した。フリードの無実を信じたいのか、それとも事実を受け止められていないのか。

「いいえ、フリード＝トマス＝フィリアレギスは自らの意思で黒鋼の騎士団と通じていたと考えられます」

しかし裁判長は淡々とした口調でそう告げ、もう一枚書類を手元に取り寄せ、それを掲げた。

目を凝らすと、最初と最後に宛名と署名が見える。どうやらフリードが誰かに宛てた手紙のようだ。

「これは黒鋼の騎士団本部を捜索した際に発見された手紙の中の一つです」

それを傍聴席にぐるっと一周見せてから、裁判官はそれを手元に戻す。

「ここには黒鋼の騎士団を自警団として囲い込む代わりに、領内で製造される物品の極秘裏の運搬を任せたいという旨の取引を持ち掛けていることが、フリード＝トマス＝フィリアレギスの筆跡により記されています」

「そ、それは……！」

「他の手紙の内容とも照らし合わせた結果、黒鋼の騎士団と接触する以前から、違法製造及び販売に手を染めていたことは間違いないでしょう」

裁判長は言わなかったが、手紙にはさらにこの契約を受けてくれれば、売上の何割かは騎士団に支払うことも書いてある。

証拠になりうる手紙を処分しなかったのは、契約を交わしつつも騎士団側が心のどこかではフリードのことを疑っていたからだろうか。

暴かれる罪状の数々にスカルロはうつむいて肩を震わせ、ディアンヌは床にへたり込み、クリスタは……特に変化は見られない。

「……そ、そんなもの！　ね、捏造されたものかも、しれないじゃないですか！」

なおも諦め悪く必死にまくし立てているスカルロだが、聴衆からは冷ややかな視線が突き刺さる。

その視線にはスカルロも気づいているようで、しばらくはギャーギャーと騒ぎ立てていたが、やがて力なくうなだれてしまう。

「では次に、第一王子殿下に対して独断で薬物を投与していた件について、クリスタ＝アマリリス＝フィリアレギス、何か申し開きはありますか？」

場内が再び静かになると、裁判長は被告台に立つ最後の一人に目を向けた。彼女は少しだけうつむき、まるで宣告を待つように口を閉ざしている。

「……」

レティシエルの席からはクリスタの背中しか見えないため、彼女がどんな表情をしているのか確認するすべはない。

「いいえ、申し開きは何もございません」

でもクリスタの声からはなんの動揺も感じ取れない。裁判長を含め、法廷にいた多くの人は予想外に冷静なクリスタに驚いているようだった。

きっと彼らはスカルロやディアンヌ同様、クリスタの件もひと悶着(もんちゃく)必要なのだと思っていたのだろう。

「……罪を認めるのですか？」

「はい、認めます」

やけに堂々とした彼女の様子にはレティシエルも少なからず驚いていた。

レティシエルの中では、クリスタはかなり感情的な部分があるように思っていたのだが、領地でのやり取りで心のつかえでも取れたのか。

「……わかりました。貴女(あなた)の自白を受理いたします」

とはいえクリスタは罪を認めたからといって、それで裁判終了とするわけではない。気を取り直して裁判長は言葉を続ける。

「貴女は領地で行われていたことを知りつつ、それを止めることはせず見てみぬふりをしておりましたね」

「はい、見てみぬフリをしていました」

「そして貴女はその一方、第一王子ロシュフォードに違法で手に入れた薬物を、周囲には知らせず、独断で飲ませていました。違いますか？」

「いいえ、その通りです。何一つ間違いはございません」

しばらくの間、裁判長とクリスタの問答が淡々と続く。

やり取りが若干尋問じみて聞こえるのか、裁判長が複雑そうな表情を浮かべている。

だがクリスタがすべての罪状を迷いもなく認めて受け入れているため、何も言えないようだ。

「私は、貧民街において入手した薬品を第一王子殿下に密(ひそ)かに飲ませておりました。殿下の現在の症状に効果があると聞き、わらにもすがる思いで使用し続けていました。すべて、

独断での行動です」

　場内が微妙にざわついている中、クリスタは告白する。

　彼女は何を思ってそれを言っているのか。妹の背中を見つめてレティシエルは思う。

　その潔い台詞に会場は沈黙してしまった。

　場の空気を持ち直すよう軽く咳払いをし、裁判長は手元の資料を読み上げる。

「……コホン。クリスタ＝アマリリス＝フィリアレギスが取引していた薬物については、こちらで解析を行っております。我が国内では流通していないものであり、未知の成分が含まれていることが確認できています」

　静寂の中、ただ裁判長が紙をめくる音だけが小さく会場内に響く。

「その取引先及び売人について、第二王子殿下が調査を行った結果、薬物を取り扱っていた者たちは白の結社と呼ばれる組織に属していることが判明しました」

　白の結社といえば、公爵領での騒動でも白マントの謎の人物が関与していた。

　騒動と薬物取引、二つの事件が同じ場所に行き着いた。

「白の結社は我が国の北部で近年活動している組織であり、この度の騒動においてもフリード＝トマス＝フィリアレギスの協力者として聖遺物を提供していたことが、関係者の目撃情報により特定されています」

　その関係者とやらはレティシエルのことだが、そこを言及する人はいない。

　裁判長の話はそれからもしばらく続き、やがてその手元から紙がなくなる。全部の証拠を示し終えたのだ。

「これですべての罪が法の下、明らかになりました。それでは、これより被告人たちへの判決を下します」

　そしていよいよ裁判は最終局面へと向かう。

「被告人らは貴族の責務を放棄し、あまつさえ己の権限を用いて国や民に不利となる工作を行っていたことは疑いようがありません。裁きの下、これは王国に対する反逆ととらえて差し支えないと判断いたします」

　そこで裁判長はいったん言葉を切り、一呼吸入れてから再び話し始める。

「そして動機がなんであれ、正体不明な薬物を王族に対して許可を得ずに投与したことは許されることではありません」

「……」

　それはいったい誰の沈黙だったか。

　なんとなくこの先の判決や結末についてはは予測できてしまうが、それでもレティシエルは口を閉ざし、じっと裁判長の判決を待った。

「よってスカルロ＝ジョアン＝フィリアレギス、ディアンヌ＝マリー＝フィリアレギス、クリスタ＝アマリリス＝フィリアレギス及びこの場にいないフリード＝トマス＝フィリアレギスを爵位剝奪及び王都追放の刑に処します」

その判決に、それまでなんとか両足で立っていたスカルロが膝から崩れ落ちる音が、やけに大きく法廷に響いた。

これだけ数多な罪状がそろえば、本来なら国外追放にされてもおかしくはない。

しかし盲目王の時代から続く王国最古の公爵家だったというブランドのおかげで、辛うじてこの刑罰で免れたような気はする。

「旧公爵領につきましては国王の直轄地とし、後日王により派遣される統治官によって統治を行うものとします。ただし本騒動に関与していない者、あるいは解決に貢献した者もいるため、その者たちは身分を剝奪したうえで一部監察処分といたします」

裁判長による最終通達が為され、聴衆は各々の反応を示す。

納得するように頷く人や若干の困惑を示す人、他者とささやき合う人。

それでもこの判決に異を唱える者はいないようだった。

「正法院の判決は、王の名のもとに承認された。これにて此度の裁判は閉廷とする」

そしてオズワルドの言葉とともに、裁判は終了した。入ってきたときと同じように、兵士たちがスカルロたちを連れていく。

ディアンヌはすでに気を失っているようで、数人の兵士に担がれていった。

スカルロも兵士たちに両腕を摑まれていなかったら倒れそうなほどフラフラである。

細波（さざなみ）のように広がる視線とささやきが、かつてフィリアレギス公爵家と呼ばれていた人たちに向けられる。

ただ一人クリスタだけは誰の手も借りず、背を伸ばし毅然（きぜん）とした足取りで法廷を立ち去る。

その背中に一切の悲愴感（ひそうかん）はない。

もしかして彼女は、最初からすべて覚悟の上だったのだろうか。

レティシエルの瞳が一瞬だけクリスタの表情を捉える。彼女は憑（つ）き物（もの）が落ちたような、思いのほか穏やかな笑みを浮かべていた。

＊＊＊

被告人たちに続いてオズワルドたちも退出すると、聴衆もゾロゾロと席を立ち始める。

裁判が終わればここにいる意味もないのだが、もうしばらくレティシエルは部屋にとどまることにした。

今下まで降りれば、きっと裁判帰りの人たちと遭遇する。そうすればわざわざレティシエルを他者の視界から隔絶させた意味がなくなる。

十五分ほど待っただろうか、その頃になれば真下の傍聴席からはもうなんの音も聞こえなくなり、場内に静寂が戻る。

ようやくレティシエルは座っていた椅子から立ち上がり、ドアを開けて階段のほうに向かう。

道中ほとんど誰ともすれ違わなかったことに内心ほっとした。

「ん？　ドロッセルじゃないか」

一階まで降りてきたとき、ちょうど左の廊下から出てきたルーカスと鉢合わせた。

領地で反乱やら戦闘やらでバタバタしていたから、彼に会うのも実に数週間ぶりではなかろうか。

いつも学園で見かけるような軽装ではなく、しっかりとしたデザインや装飾がある貴族っぽい礼装だから、かなり見慣れなくて戸惑う。

なんでいるのだろう、と一瞬思ったが、考えてみればルーカスは侯爵だ。裁判に召集されていてもおかしくないだろう。

「こんにちは、学園長。お帰りにならないんですか？」

「いや、今から帰るさ。さっきまで国王陛下と話してたんだよ」

「国王陛下と？」

「あぁ。はぁ……」

「呼び出しでも食らいました？」

「まぁ、似たようなもんだ。言っとくがお前も部外者じゃないからな」

「?」

首をかしげる。ルーカスもそれ以上は話してこなかった。

その代わりなぜか無言でレティシエルの顔をジーッと見つめてきた。

「……」

「……?　どうしました?」

「何かあったか?」

「どうしてそう思われるのですか?」

「そういう雰囲気を醸し出してるんだよ、お前」

「……どういう雰囲気ですか、それ」

「顔に、気がかりなことがあります、って書いてある」

「……そんなに顔に出てます?」

「一年近くも面倒見てりゃなんとなく空気でわかるもんなんだよ」

シレッと事もなげに言うルーカスに、レティシエルは思わず自分の頬を引っ張ってみる。

痛みがある以外は特に何もない。

「……クリスタのことを少し考えていただけです」

「クリスタ?　珍しいな」

これまで親族の話題を一切してこなかったレティシエルの口から、クリスタの名前が飛び出してきたことに、ルーカスは意外そうな表情をした。

「ええ、判決を言い渡されたとき、彼女は笑っていたように見えたので」

「なるほど」

それを聞くとルーカスは顎に手を当て、どこか納得したように小さく頷いた。

「裁判中も彼女だけ異様なほど落ち着いていたからな」

「学園長もそうお思いに？」

「あぁ。だから聴衆の中には、一連の事件はすべてクリスタが陰で仕組んだことなんじゃないかって勘繰るヤツもいたよ」

でもまぁ、と息を長く吐きながらルーカスは足元のタイル床に視線を落とし、フッと微笑(ほほえ)んで横顔に影を落とした。

「クリスタはクリスタなりにすべてを覚悟していたってだけだろうな」

「……」

「でなければあれだけ危ない橋を渡ろうとはしないはずだし、自ら罪を認めて裁きを受け入れたりもしないと思うぞ」

「そうですね」

クリスタとは領地で面と向かって言葉を交わし、裁判に臨む彼女の心内は少なからずわかっているつもりだ。

仮にクリスタが黒幕だったとしたら、もっとスカルロたちのように弁明するはず。

でも彼女はむしろ自分から全部の罪を白日の下にさらけ出した。これでは自分から断罪されるために行動したようなものである。

それに、仮にも国の第一王子に詳細不明の薬を勝手に飲ませたらどうなるか、想像できないほど彼女は馬鹿ではない。

それでも彼女は実行した。自分のことを投げ打ってでもロシュフォードを助けたかったのだと思う。

「それじゃ俺はもう行くな」

ホールの壁にかかっている大時計を確認し、ルーカスはそう言った。

今日は休日ではない。きっと学園も稼働しているはずだし、学園長でもあるルーカスは他にも仕事が入っているのだろう。

「また学園でお会いしましょう。行けるかどうかはわかりませんが」

「おう。お前も気を付けて帰れよ」

ヒラリと手を振って、ルーカスはそのまま真っすぐ正面出口に向かう。

「……あ、忘れるとこだった」

玄関から出ようとしてルーカスは思い出したように足を止め、パッとレティシエルのほうを振り向いた。

「どうしました？」

「陛下から伝言だ。話があるから応接室に来てほしい、だとよ」

「……わかりました、ありがとうございます」

オズワルドからの言伝を告げると、今度こそルーカスは正法院から出ていった。

しかしオズワルドがレティシエルになんの用事があるのだろう。

ひとまず、応接室に行かないと始まらないだろうとレティシエルは移動し始める。

（……というか応接室ってどこにあるの？）

ただしすぐに問題にぶつかった。

応接室を探して一階の廊下を歩いていると、前方からクリスタがやってきた。両隣には二人の兵士が控えている。

向こうもこちらに気づいてその場に立ち止まり、両者の間にしばしの沈黙。兵士たちも特に止める様子はなく、ジッと待機している。

「……ごきげんよう、お姉さま」

先に口を開いたのはクリスタのほうだった。思いのほか彼女の表情は穏やかである。

「ごきげんよう」

「お帰りにならないのです？　もう見世物は終わりましたわよ」

自虐的にクリスタは言う。厭味（いやみ）ったらしいのは相変わらずらしい。

しかし、今回の裁判が見世物……というのは言い得て妙なのかもしれない。

法廷での議論を得て判決を下す裁判と違って、今回は初めから判決が決まっていた裁判
……いわば茶番だ。

どういう反応をすればいいのか、迷う。

「まだ済んでない用事があるから」

「そうですか」

少しだけ考え、結局普通に普段通り振る舞うことにした。

「ところで応接室はどこにあるかしら？」

「はい？」

「迷子になっただけよ」

「……すぐそこのドアですわ」

「そう、ありがとう」

「……」

「……」

相変わらず会話が続かない。道を聞いたあと互いに一言も声を発さないまま、レティシエルはクリスタと見つめ合う。

「今回の判決をあなたはどう思っているのかしら？」

おそらくこれがレティシエルとクリスタが会う最後の日だから、沈黙したまま別れるのは気分があまり良いものではない。

とりあえず、パッと思いついたことを聞いてみる。

「どう、と言いますと？」

「裁判のとき随分落ち着いていたから」

「意外ですか？」

「いいえ、正直そこまで」

「……ならなぜそんな不毛なことをお聞きになるのです？　どうでもいいではありませんか」

「……」

さほど親しくないクリスタと何を話せばいいのかわからないからだが、あえて言わなくてもいいか。

「ただの興味よ。領地でも言ったと思うけど、あなたが思うほど私はあなたが嫌いではないみたいだから」

「……だからお姉さまのことは嫌いなのよ」

「？」

今クリスタが何か呟いたような気がするが、あまりに声が小さくてまったく聞こえなかった。

「別にどうとも思っていませんわ。客観的に見れば当然の処罰ですもの」

「そう」

「それに、私は私がしてきた行為が間違いだったなんて思っていませんわ。たとえ法的には悪でも、私にとっては善なのだから処罰なんてどうでもいいですもの」

憑き物が取れ、すっきりとした表情でクリスタは迷いなく言い切った。

ほう、とレティシエルは思わずクリスタの顔をマジマジと見つめ、怪訝そうな顔をされた。

「なんですの、そのお顔。もとはお姉さまがおっしゃったことではありませんか」

「そういえばそうだったわね」

確かに『あなたの望んだ結果なら、それはそれでハッピーエンド』と、レティシエルは領地でクリスタに言った。

領地で少し話したこともあって、クリスタからかつての棘は消えていた。多少は関係が修復できたのかと、前向きに考えてみる。

「安心してください、私は必ず幸せになってみせます」

「それは私への復讐のため？」

「ええ、当然です。それでは失礼しますわ、大嫌いなお姉さま」

「変わらないのね」

「当たり前ですわ。そんなあっさり許せるとお思いに？」

言葉に反してクリスタの表情は険しくない。むしろ勝ち気な笑みすら浮かんでいる。

「それもそうね」

肩をすくめてレティシエルは答えた。

そして一礼してクリスタは兵士につき添われるまま歩き去っていった。その背中をレティシエルはじっと見送る。

部屋のドアに手をかけ、レティシエルは中へと入っていく。ドアが閉まる音が廊下に小さく響いた。

閑章　辺境の森にて

時間をさかのぼること数日前、ドロッセルが王都に到着した二日後の話である。

鬱蒼（うっそう）とした森の中を一台の馬車が走っていく。

周囲には馬に乗った十数人の騎兵たちが列を成し、馬車と並走しながら警備にあたっていた。

全方向をがっちりと固められたその馬車の中には、サリーニャが一人乗っていた。カーテンを閉め切り、森の中であることもあって昼間なのに車内は暗い。

「……」

ドロッセルと違って裁判で被告台に立つ側のサリーニャは、本来フリードやクリスタ共々もっと早く王都に移送されるはずだった。

だけれど、国軍の総大将である第三王子エーデルハルトに、サリーニャが頼み込んだのだ。

まだ頭が混乱している、気持ちが落ち着くまでもう少し領地にいたい。だから移送は最後にしてほしい。

そう言ってサリーニャは、最初に集中的な治療が必要なフリードが移送された日のうちにエーデルハルトに直談判した。

その当時はまだ領民たちへのサポートに軍は追われており、大勢の人間を一斉に護送できる余裕はなかった。

だからこの度の反乱の関係者、反乱軍のリーダーも含めて護送は一人ずつ行われる予定で、最後の移送はドロッセルの予定だった。

初めは怪訝そうにしていたエーデルハルトも、多少順番を変えたところで移送するのは変わらないからと許可を出した。

三日間ほど連日、彼のテントに頼み込み続けたことが功を奏したのかもしれない。

「……」

王都に戻れば、ほどなくして公爵家は裁判にかけられることを、サリーニャはもちろんわかっている。

現状フリードは未だ抜け殻同然の状態で、裁判の場に立って裁きを受けられるのは彼を除いた公爵家、そしてドロッセル以外。

十一年前、領地で第一王女アレクシアを死なせてしまったあの火事のことが脳裏をよぎった。

暗い車内で、サリーニャは口元を押さえてうつむく。被告台に立てば、あの火事の真相は暴かれてしまうかもしれない。

そんなことになれば、今度こそ家も自分もおしまいだろう。それだけは阻止しなければならない。

なんとしても、だ。

そのとき馬車が突然急停止した。

危うく前方の席に投げ出されそうになったが、すんでのところで窓縁（まどべり）に掴（つか）まって体勢を立て直す。

わざわざ何事かと外を確認するまでもなく、急停止してすぐに外が騒がしくなった。

「な、なんだ貴様らは……ぐあっ！」

「どこから湧いてきやがった！」

「くっ、と、突破され……がは！」

「体勢を立て直せ！　相手はたった数人だ！」

飛び交う兵士たちの声に紛れ、剣戟（けんげき）や馬の悲鳴が聞こえてくる。

どうやら馬車の外では兵士たちが、どこぞの襲撃者と戦っているらしい。兵士たちの言葉から、人数は少ないらしい。

「だ、だめです！　これ以上後退したら馬車が……！」

「ひるむな！」

「おい、今すぐ殿下に伝令を……ぎゃああ！」

「……」

時々上がっている兵士たちの悲鳴を、サリーニャは黙り込んだまま聞いていた。

この場所は領地からも王都からも中途半端な距離にある。伝令を出したところで、それが到着する頃にはすべてが終わっている。

車体の壁一つ隔てた先で、得体の知れない人間たちが人を殺しているというのに、自分でも不思議なくらいサリーニャは冷静でいられた。

「……」

口元を押さえていた手を外し、サリーニャは静かに窓辺に顔を寄せる。

閉め切っていたカーテンを少しだけ開けると、馬車を護衛していた兵士たちが黒ずくめの謎の人物たちと交戦しているのが見えた。

彼らは本当に頭のてっぺんからつま先に至るまですべてが真っ黒だった。体にフィットした黒い上着とズボンを着て、靴も脱げにくいものを履いている。

兵士たちも必死に戦っているが、腕が違いすぎるのか黒ずくめたちによって一人また一人と葬られていく。

「……」

馬車の外が完全な沈黙に包まれるのに、さほど時間はかからなかった。

地面に転がっている死体を片付けようともせず、黒ずくめたちは一か所に集まり、何か相談のようなことをする。

それはすぐに終わったが、黒ずくめたちはその後もその場を立ち去ることなく、馬車のほうへ歩いてきた。

手には未だに血の付いた短剣が握っており、彼らが動く度に切っ先から赤い雫がこぼれる。

普通であればとんでもない恐怖だろう。次に殺されるのは自分かもしれないと、逃げ惑って泣き叫ぶのかもしれない。

でも、馬車のほうに着々と近づいてくる黒ずくめの男に、サリーニャが取り乱すことはなかった。

「……ふふ」

むしろ彼女の口元には、勝ち誇ったような笑みさえ浮かんでいた。

　応接室に入ると、オズワルドがすでにレティシエルのことを待っていた。会うのは久々だけれど、以前より少しやつれたような気がする。

「久しいのう、ドロッセル」

「お久しぶりです、陛下」

　声をかけてくるオズワルドに、レティシエルはお辞儀を返した。

　室内にはオズワルド以外に、もう一人正法院の官僚と思しき青年がいるが、レティシエルが入ってくると入れ違いに退出していった。

「何を立っておる、そこに座るといい」

「ありがとうございます」

　オズワルドが示したのは、円テーブルを挟んで彼と向かい合わせの位置にある席だった。前にロシュフォードのことで呼び出されたときも、その位置に座らされたような、なんて懐かしいことを思ってみる。

「それで、私に御用だと聞きましたが？」

「あぁ、お主の処遇については直接伝えるべきだと思うたからな」

その言葉に自然に背筋が伸びる。

裁判で公爵家の爵位剝奪と王都追放は決定したが、遠回しにレティシエルに対しては一部処罰内容が違うと言っていた。

「そう身構えんでも良い。大した話ではないからな」

「はぁ……」

自分も家の一員だから同様の罰が与えられると思っていたが、案外領地での行動を上層部は重く見てくれているらしい。

「端的に言えば、身分の剝奪はお主にも適応される」

「はい」

「だが王都を追放はせぬ。住んでいる屋敷も取り上げはせぬし、学園への出入りもこれまで通り続けて問題ない」

だからなのか刑罰は思っていた以上に軽いものだった。そんなもので良いのかと、レティシエルは一瞬キョトンとした。

「……」

「なんだ、気になることでもあるのか?」

「いえ、予想していたよりずっと軽度の刑だったので……」

「当たり前であろう。此度(こたび)の事態がこれだけ早く収束できたのは、ひとえにお主の働きがあってこそなのだからな」

「そう、ですか」

　確かにレティシエルは反乱を解決した第一人者かもしれないが、クリスタたちと同じくそれまで事態を見過ごしていたのは変わりないのだ。

　それに関しては、爵位剝奪ですでに罰している、という認識なのだろうか。

「もっとも、お主の力はまだまだ我が国にとって不可欠なものだ。王都を追放などしてしまうこともできぬであろう」

「はぁ、そうですか……」

　もしかしてこっちのほうが本音だったりするのだろうか。

　ハハハと笑って、それなりに機嫌が良さそうに見えなくもないオズワルドの表情をマジマジと見つめ、そんな考察を脳内に浮かべてみる。

「ただ刑罰が軽くなってはいるが、数か月の間は監視官がつくことになっておる」

「監視官、ですか？」

「あぁ、後見と言い換えても良いかもしれぬな」

　オズワルドの言葉に、なるほどとレティシエルは納得する。

　レティシエルも関係者ではある以上、このまま市井に自由に放り出すわけにもいかないのだろう。

それにレティシエルにそのつもりはないが、王国側としてはレティシエルが何か変な気を起こす可能性について考慮する必要もあるはずだ。

「それで、どなたが私の監視を担当されるのでしょうか？」

「オラシオ家に任せてある」

「そうですか……ん？」

別にどこの誰が監視役でも構わないし、と気にせずスルーしようとしたが、ずいぶんと聞き覚えがある名前にレティシエルは一瞬フリーズした。

オラシオ……オラシオ家……オラシオ侯爵家……あれ？　それはルーカスの家のことではなかっただろうか。

「もしかして……学園長ですか？」

「そうだ。お主の監視役が務まる者など、あやつ以外おらぬであろう」

「……それは、そうかもしれませんね」

オズワルドが後見と言ったのを見ると、監視役は平民になったレティシエルの後ろ盾としての役割もあるようだ。

確かによく知らない人間にいきなり後ろ盾になってもらうより、かねてから見知っているルーカスのほうが安心するかもしれない。

「それに、ルーカスであればお主も万が一にも反乱を企てようとは思わないであろう」

「……？　そんな予定は死ぬまでありませんけど？」

「わかっておる。だがこうでも説明せねば、儂と主の取引を知らぬ者たちは納得せぬからな」

「あぁ……」

なんでも監視対象が未成年である場合、対象者が何か罰に値する言動をとった場合、その罰は監視官が代わりに受けるのだという。

ルーカスに迷惑をかけるつもりは毛頭ないが、もし仮に現状レティシエルが打ち首相当の罪を犯せば、ルーカスの首が代わりに飛ぶということだ。

……どこから尾ひれがつくかわからないから慎重に行動したほうが良いかもしれない。

「ところで、つまらぬことを聞いても良いか？」

「……？　なんでしょう？」

「もしこの場で、儂がお主に貴族位を授けると言ったら、お主はどうする？」

「……はい？」

急に話を切り出してきたからなんだと思ったが、オズワルドの口から飛び出してきた問いに、レティシエルは思わず間抜けな声を出してしまう。

オズワルドがいきなりそんな話をしてきた意図が見えない。まさか何か画策しているのか、と変に警戒するレティシエルにオズワルドはフッと笑った。

「何、例えばの話だ。率直に言ってくれて構わんぞ」

「そうですね……謹んでお断り申し上げたかと」

「……」

変に取り繕うのもおかしいので、レティシエルは思ったことをそのままオズワルドに言った。

実際、レティシエルは爵位というものにはまったく興味がない。身分があるだけでいろいろしがらみはついてくるし、なくなってせいせいしたとも思っている。

「私に貴族の世界はどうにも合わないのだと思います。むしろ平民になったのであれば、これほど喜ばしいことはありません」

それを黙って聞いていたオズワルドだが、なぜか急に腹を抱えて笑い始めた。

「……フ、フハハハ！」

「？」

「いや、気にせんで良い。やはりお主はそうでなくてはな」

「？？」

だからそれはどういうことなのか。

笑い続けるだけで理由を教えようとはしないオズワルドを、レティシエルはジトッと睨(にら)んでみるが、オズワルドには気にしている様子がない。

「妙なことを聞いて悪かったな、儂からの話は以上だ」

「わかりました。では私はこれで失礼いたします」

「もう戻るのか？」

「はい、使用人たちが待っておりますので」

「そうか。馬車は正門前に止めさせておるから、それを使いたまえ」

「ありがとうございます」

一礼してレティシエルは応接室を出ようとドアに手をかける。

「……それとこれは命令ではないが」

背中にオズワルドの声が追いかけてくる。ドアに触れようとしていた手を下ろし、レティシエルは振り返った。

「魔術をもう少し人目に付かないように使えんだろうか？」

「理由をお聞きしても？」

「お主とて理由くらいわかっておるであろう。必要以上にこの力のことを広めてしまっては、お主にも何かと不都合だろう」

「……」

それはレティシエルも理解していることだった。

本来魔力無しのはずなのに力が使えることは、すでに一部の貴族たちの耳にも入っているらしい。

国としては噂を収束させたいのだろう。

それに、この力を巡って、貴族たちのいざこざに巻き込まれるのはこちらも御免被りたい。

（……陛下もそれを見越してるんだろうな）

だから『お主にも何かと不都合』なんてわざわざ釘を刺したのだろう。

「わかっております、陛下」

オズワルドのその意図を察し、この王もなかなか老獪なところがあるなと見直しながらレティシエルは頷く。

「そうか。ならば良い」

今度こそ用事は終わったようなので、レティシエルは応接室をあとにした。

時間がそれなりに経過しているため廊下にはほとんど人影が見えず、シンと静まり返っている。

「……さて」

正法院ですべきことはすべて済んだだろう。馬車に乗り込み、レティシエルは今度こそ家に帰るのだった。

＊＊＊

裁判が終了し、正法院を出たオズワルドはすぐさまヴィアトリス王城に戻る。

先の裁判で正法院が下した判決は、後に書面としてオズワルドに正式に提出される。爵位剝奪や王都追放の文面も含め、まとめなければならない書類が山積みだ。

「おかえりなさいませ、陛下。お疲れ様でした」

城に戻ってすぐ執務室に赴いたオズワルドを、シリウスが出迎えた。

騒動のいろいろな後始末に追われて彼も疲れているらしい。目の下にはひどいクマができている。

「シリウスか。もう来ておったか」

「はい。陛下がお戻りになる間、一部書類を整理しておりました」

「うむ、仕事が速いな」

執務机の上を見ると、早くも一部の裁判関連の書類が提出されて並べてあった。

書類の内容によってキッチリ分類されているあたり、シリウスが一度目を通して仕分けておいてくれたようだ。

「裁判のほうはいかがでしたか？」

椅子に腰を下ろしたオズワルドにシリウスが訊ねてくる。

中央官僚や主要貴族たちを招集して行われた今回の裁判だが、シリウスは出席していない。

多くの官僚が裁判の出席で留守になる中央政府の指揮を、宰相である彼に一時的に任せていたのだ。

「特に何事もなく終わった。公爵家には爵位剝奪と王都追放の刑を下した。蟄居先の手配などはこれからだ」

「そうですか」

伏せておく必要もないので、簡潔にオズワルドは説明を加えた。シリウスが驚いていない辺り、おそらく予想はついていたのだろう。

「ただ一部の者については特別措置を取っておる。全員が同じく重罪に値するわけではないからな」

「ドロッセル嬢のことですか?」

「厳密にはあの娘だけではないんだが、まぁそうだ」

名前は出さなかったが、シリウスはそれが誰を指しているのかを察した。

公爵家……今はもう元公爵家と呼ぶべき者たちに言い渡された爵位剝奪と王都追放。ドロッセルはそのうち王都追放の刑を受けることはない。

公爵として彼女を独立させるわけにはいかないから爵位は剝奪するが、彼女の力と知識は未だこの国にとって重要なものだ。

王都を追放してしまえば、おそらく王命を下さなければオズワルドが彼女の能力を借りることは不可能になる。

ただでさえ国境付近で起きた今回の騒乱でドロッセルの存在は浮き彫りになりつつあるのに、これ以上イーリス帝国を刺激したくはない。

もちろん万が一妙な動きをしないとも限らないため、しばらくの間は監視役をつけるつもりだが。

「なるほど、やはりそうでしたか」

しかし予想に反して、シリウスは顔をしかめることも異を唱えることもなかった。オズワルドは思わずジッとシリウスの表情を観察する。

「どうされました？」

「いや、てっきりお前は文句の一つでも言うのだと思ってな」

「……聞き分けのない幼子ではないのですから、陛下の今回のご判断については必要なものだと理解しております」

深い深いため息をつきながら、シリウスは言葉を続ける。

「ドロッセル嬢がいなければ、此度の騒動の鎮圧はさらに時間を有したでしょう。そうすれば被害もこの程度では済まなかったでしょう、特例を設けてしかるべきです」

前々から、たかが十代の小娘が重用されることをよく思っていなかった彼だが、今回の件についてはドロッセルの功績を認めているようだ。

「…………心中複雑ではありますが」

「そうか、やはりお前はそうでなくてはな」

心の中では正しいとわかっていても、彼がドロッセルのことを気に入らないのは変わらないらしい。

「ところで、特例が適用されているのはドロッセル嬢だけではないとおっしゃいましたが……」

「あぁ、言うたな」

「それはいったいどういうことでしょうか？」

「……あれの双子の妹だ。もっとも、そちらは特例と言うても爵位剝奪と王都追放を免れられるわけではないがのう」

もう一つ、オズワルドはドロッセルに言わなかったことがある。それはクリスタに対する特別措置である。

とはいえドロッセルのように一部の罰を免除されるわけではなく、妹の場合は刑罰の執行までにしばしの猶予期間を与えるというものだ。

「お前も知っておろう、ロシュフォードについてのことだ」

「第一王子殿下……先日療養先から報告書が提出されましたな」

「あぁ」

学園で事件を起こして以降、王都郊外の離宮で長らく療養していたロシュフォードが、目を覚ましたことを知ったのはかなり最近だった。

最初にそれを聞いたときはにわかに信じられなくて、報告に来た官僚にしつこく再確認してしまったほどだ。

これまで何をしても効果がなかったのに、どうして今のタイミングで突然容体が持ち直ったのか。

すぐに調査を命じたところ、ロシュフォードが目覚めたのはクリスタが領地に旅立つ直前だったことがわかった。

さらに、こちらでは許可を出していないにもかかわらず、クリスタが頻繁に離宮に出入りして看病をしていたことも判明した。

許可なく勝手に離宮へ通っていたことは罰すべきなのだろうが、とにかくこの度のロシュフォードの寛解は、クリスタの功績が大きい。

「ロシュフォードが目覚めるきっかけとなった、あの薬についてはあの娘以外知る人間がおらぬ」

「詳しい情報を聞き出すまで、クリスタ嬢の刑罰執行を延期する必要があるということですか」

「そういうことだ」

裁判が行われる前にクリスタへ行った事情聴取で、彼女は第一王子に秘密裏に謎の薬を飲ませていたことを告白した。

その薬については王家ですでに押収しているが、肝心の成分については未だ判明していない。

一部は研究に回したが、残りはこの頃悩みの種であった例の集団失踪の生き残り兵に服用させた。

結果、これまでどんな医者でも匙を投げてきた症状が緩和し、ようやく話を聞ける見込みが見えてきた。

陸軍第11小隊の失踪は、未だ謎が多い。唯一の帰還者から話を聞ければ、それは事態解決の糸口になり得る。

ただクリスタの言い分によれば、この薬で目覚めたロシュフォードはほとんどの記憶をなくしたらしい。

投与が症状を緩和させるきっかけになるのであればいいが、摂取過多は記憶障害を起こすのかもしれない。

また、彼女はこの薬と並行して、ダメ元で治癒魔法も併用していたというから、それも何か関係している可能性がある。

そういうわけで貴重な情報源として、クリスタを王都近辺から遠ざけるわけにはいかないので、現状王都郊外のとある場所に幽閉している。

「……儂(わし)も存外甘いな」

「陛下？　何かおっしゃいました？」

「いや、気にするでない」

その幽閉先については、本当に大丈夫なのか安全なのかと、さんざんシリウスに心配されたが。

もちろん薬の中身をクリスタが知っているとは限らないが、入手経路がわかればそこから何か新たな情報が出てくる可能性もある。

そしてもしかしたら、近頃あちこちで暗躍しているあの結社についても、何か足掛かりを得られるかもしれない。

エーデルハルトが集めてきた情報によれば、白(しろ)の結社(けっしゃ)が歴史的な事件に登場したときこそ十一年前のスフィリア戦争だったが、その存在は十三年前から確認できる。

ただ当時は白ローブの人間という目撃証言のみで、今のような呼び名で呼ばれることも、要注意人物として国がマークすることもなかった。

そしてやはりスフィリア戦争の敵軍に与(くみ)していたことから、結成地はラピス國(こく)である可能性が高い。

白の結社の内部構造がどうなっているのかは不明である。

しかしエーデルハルトによれば、彼らのトレードマークたる白ローブを着用しているのは、ほんの三人だけらしい。

幹部が三人だけと考えれば、純粋な構成員は決して多くないのだろう。

彼らが得意としている例の力についても、ルクレツィア学園の課外活動で押収した武器などを今も解析し続けているが、結果は芳しくない。

おそらく魔法の知識では解明できない力なのだと、オズワルドは考えている。

「シリウス、そちらの山は処理し終えた。各々の部署まで戻しておいてくれ」

「かしこまりました」

話をしながらもオズワルドは仕事の手を止めてはいなかった。

執務机の上に積まれていた書類の半分ほど目を通し終わったオズワルドは、署名済みの書類の山を指差す。

指示した通りシリウスは資料の束を手に持って頷いた。

「それと、これは裁判の件とは直接的な関係はないのですが、ライオネル殿下から報告書が提出されております」

「報告書？」

「はい。以前会議でも報告されていました、イーリス帝国に関する情報収集の経過事情だと伺っています」

急ぎのものではないと聞いたので端に振り分けております、と机の一角に目を向けるシリウス。

そこには紐で閉じられた報告書が置いてある。一枚目には几帳面な字で『イーリス帝国の内部情報の調査記録』と書かれている。

「わかった、これは目を通しておく」

「かしこまりました。では失礼いたします」

一礼してシリウスは書類を手に執務室を出る。一人になり、オズワルドは早速ライオネルの報告書を読む。

市井情報については以前の報告と変わらずだが、どうやら帝国の上層部で少々不穏な動きが見られる、という一文に眉をひそめる。

近年、帝国の情勢が不安定だったが、今回の反乱が国境に近い辺境で起きたためすでにそのことを嗅ぎ付けており、王国に対してさらに不穏な動きを見せているのだという。

イーリス帝国のことは、形式としての友好関係は保ってきたが、正直初めから信用はしていなかった。

両国の間で結ばれている同盟とて、ラピス國という共通の外敵がいなければ成立しなかったもので、今も互いの腹の探り合いが続いている状態である。

「……」

思わず難しい表情で押し黙ってしまう。

今の王国の力では、万が一帝国と敵対するとなったとき勝算は皆無だとオズワルドは理解している。

帰国直後の報告でライオネルが言っていた帝国のアルマ・リアクタも、それに基づく軍事兵器も、おそらく王国側に対処するすべはない。

銃の精度すら未だ帝国の足元にも及ばないのだから当前だろう。

せめてアルマ・リアクタの仕組みがわかれば、もう少し対策らしい対策を立てられるかもしれないが……。

帝国の技術がどれだけ発展しているかはわかっている。だからできれば敵対したくはないというのが本音だ。

(……このまま何事もなければ良いのだがのう)

しかし今のこの状況では、事態がどう転ぶのかまったく予想はつかない。

最悪の事態に備えてこちらでできるだけ手は打っておくべきだろう。オズワルドはいったん置いたペンを再び取る。

「……ゴホッ」

喉から不快な感覚が上ってきて、オズワルドは左手で口を押さえ小さく咳き込んだ。

この頃、こういう咳をすることが増えてきた。医者にバレたら大騒ぎになるだろうから、未だ隠し続けている。

そういえば自分ももうじき四十になるんだな、と考えながらオズワルドは背後の窓を振り返る。

窓の外には明るい空が広がっているが、自身の紅色の瞳は外の明るさにも負けず窓の表面に映り込んでいた。

この国に赤い瞳の人間は少ない。いても災厄をもたらす者として奇異の目にさらされ、どこへ行っても差別と偏見がついて回る。

そして総じて寿命が長くない。この目に生まれついて、城の禁書庫で厳重に保管されている記録を読んで知った。

生来赤い目を持って生まれた人間は、半数以上が十六を迎える前に亡くなっている。一番長い者も三十程度だったらしい。

「……そう考えると、ずいぶん長く持ったのう」

左手のひらに付着した血をハンカチで拭う。

転がり込んできた王位を継いだときには、ここまで長く生きるつもりはなかったんだがな、とオズワルドは過去を思い返して小さく笑った。

＊＊＊

裁判から数日が経った今日、レティシエルはようやく学園に復帰することができた。

というのも裁判が終わったのはいいが、それからしばらくは謹慎期間ということで、オズワルドが手配した騎士の監視があったのだ。

それが昨日やっと終わったので、早速レティシエルは学園に出かけた。

反乱のニュースをもらって飛び出してから三週間以上……実に一か月近くぶりのルクレツィア学園だった。

レティシエルが自宅にこもって暇を持て余していた間に、フィリアレギス家の面々はオズワルドの迅速な対応により王都を後にしていた。

彼らがどこに送られるのか、これからどうなるのかはわからないが、きっともう会うことはないだろう。

関わりが強かったわけでも情があるわけでもないが、そう思うと少し物寂しい感情があるような、ないような。

それと裁判のときに行方不明としか知らされなかったサリーニャだが、どうやら殺されたのだという。

王都に向かう馬車が何者かに襲撃され、護衛とともに殺されたとだけ聞いた。現場にはサリーニャの血に染まった髪やショールが転がっていたらしい。

「……」

最初にその話を城の使者から聞かされたときは、なんの冗談かと思わず聞き返してしまった。

裁判のときにも衝撃を受けたが、殺されたという情報にはレティシエルも驚きを隠せなかった。

彼女の性分からして行方不明による生死不明か自死かと思っていた。殺しても死なないようなしたたかさを感じていたからかもしれない。

家族たち同様、サリーニャにさほど思い入れはないから悲しいというわけではない。だけれど接点があった分、死んだとなると心中複雑である。タイミングがタイミングだし、本当にただの襲撃事件なのかと勘繰ってしまう。

停車した馬車から降り、レティシエルはぐるりと周囲を見渡す。

「……？」

久しぶりに訪れたルクレツィア学園は、妙に浮足立った空気に包まれていた。

何か行事でもあっただろうかと年間スケジュールをたどってみるが、そういえばそろそろ冬期休暇が近いことを思い出す。

ザワッ！

ルクレツィア学園本館のホールにレティシエルが足を踏み入れると、瞬間大きなざわめきが起こった。

ホールにいた全員の注目が一斉に集まり、穴が開きそうなほど大量の視線を感じる。想像以上に有名人になってしまっているらしい。

「あ、あのお方ですわ。本当にまた学園にお戻りになるなんて……」

「例の噂、お聞きになりまして？　なんでも反乱を扇動する悪党の大軍を、お一人で薙ぎ払われてしまわれたとか……」

「あ、あんなの嘘に決まってるだろ。だってあの華奢な体のどこにそんなとんでもない力が……」

「こ、これからあの方をなんてお呼びしたらいいんだ？　もう貴族じゃないけど、呼び捨てになんてできるか……？」

周囲から、様々な困惑の声が聞こえてくる。

……噂されることには慣れているけれど、これまでの悪い噂とは話が違うから落ち着かない。

あの裁判も、レティシエルが反乱に介入したことも、表沙汰にはされていないはずなのだが、貴族の噂情報網はバカにできない。

「キャッ……」

視線の圧力が強くて伏し目がちに歩いていると、前方から走ってきたご令嬢と肩がぶつかってしまった。

「あ、失礼しました、大丈夫ですか？」

「ははは、はい！　こ、こちらこそ気づくのが遅くなって、も、申し訳ありませんでした！　え、えっと……ド、ドロッセル・ノア様!?」

「……いえ、こちらこそぶつかってしまってすみません」

フルネームで呼んでしまうなんて、よほど動揺しているのか。

それとも学園の嫌われ者だった自分は、身分が変われば呼び方にすら困ってしまうほど敬遠されているのか。

折り目正しく頭をヘコヘコ下げるご令嬢に、レティシエルはなんとも言えない微妙な表情を浮かべる。

どっちにしろ心中複雑である。そもそもなぜ呼び方が疑問形なのか……。

すでに公爵令嬢ではなくなったレティシエルの名前は、ドロッセル＝ノア＝フィリアレギスからドロッセル・ノアになった。

しかし学園でレティシエルをバカにする人はいないようだった。

むしろ畏怖と同時に、若干尊敬の目を向けてくる人もいるせいで、以前にも増して居心地が悪い。

「よう、相変わらず目立ちまくってるな」

誰もが適度に距離を保っている中、軽く手を振ってこっちに近づいてきたのはルーカスだった。

レティシエルが言えたことではないが、レティシエルに負けないくらいルーカスにも食い入るような視線が刺さっている。

「それはお互いさまではありませんか、学園長」

「……」

指摘すると困ったように眉をひそめ、ルーカスはガシガシと頭を乱暴に掻いた。

今回の裁判でフィリアレギス家の爵位が召し上げられたため、五大公の爵位に一つ空きが生まれた。

新たな公爵として幾人か候補者はいたらしいが、ほぼ満場一致でルーカスにその座がふさわしいと白羽の矢が立ったらしい。

十一年前のスフィリア戦争で、ルーカスは紺碧の獅子と称えられるほどの勇ましい戦功を立てた。

にもかかわらず、その勲功にふさわしい地位を長い間授けられなかったことに、上層部はずっと負い目を感じ引きずっていたとか。

しかしルーカスは十一年前に公爵位授与を断った過去があり、今回の昇進も仕方なかったとはいえ心中複雑のようだ。

「……まぁ、正直荷が重いが、王命で受けてしまった以上はそれに応えられるよう責務を全うするしかないだろう」

「私は貴族の身分から解放されたので、むしろ肩の荷が軽くなりましたけど」

「他人事だと思って……」

未だホールにとどまっている生徒たちの様子を一瞥し、やれやれとルーカスが嘆息する。

公爵位昇進以外にも、彼はレティシエルの監視役も同時に拝命している。これからも何かと迷惑をかけるのだろうな、とレティシエルは他人事のように思った。

「まぁいい、とりあえず俺はもう行くとするよ」

「はい、頑張ってください」

「はぁ……あ、それから早く大図書室に顔を出してやれ、待ちわびてる奴がいるから」

「……?」

盛大にため息をつきながら、ルーカスは去っていった。そんなに公爵になったことが気が進まないのか。

それから大図書室で待ちわびてる奴がいる、というのはどういうことだろう。あそこに常駐しているのは司書のデイヴィッドくらいなのだが。

「……あ」

「あぁ！」

大図書室のドアを開けた瞬間に中から聞こえてきた叫びに、何事かとレティシエルは一瞬身構える。

しかし声の主たちを見つけるとすぐに警戒を崩す。

「皆さん？」

「お久しぶりです、ドロッセル様！」

室内のテーブルを一つ陣取っていたのは、ミランダレットやジークを始めとする、レティシエルの友人たちだった。

「おはようございます、ミラ様。それにしてもこんな早朝にどうして？」

「ドロッセル様が今日から学園に復帰されるんだって、学園長から聞いたんです！」

真っ先に駆け寄ってきたミランダレットは、心の底から嬉しそうにニコニコ笑っている。つられてレティシエルの頬も緩む。

「こ、こんにちは。ご無事で良かったです」

「いやさ、せっかくドロッセル様が戻ってくるんだから、俺たちで出迎えようぜって話だったんすよ。それでホールで待つより、ここに来たほうが遭遇率高いかと思ってさ！」

「なるほど、だから皆さんそろってここに集合しているのですね」

それに少し遅れてヒルメスとヴェロニカもやってきて、レティシエルの周りはあっという間に人だらけになった。

「しかもドロッセル様って、授業とかにはほとんど顔を見せないじゃないですか。だからここで待ち伏せしたほうが早いんじゃないかと」

「ふふ、確かにそれは手っ取り早い方法ですね」

普段は研究室以外ではほとんど会わないツバルも、今日はその輪の中に加わっていた。

ジークは輪には入らず、少し外側から楽しそうにこっちに手を振ってきている。レティシエルも微笑(ほほえ)んで手を振り返した。

「ん？　なんでそんな離れてるんっすか」

「え？　いや、私は……」

「なんか仲間外れみたいじゃないっすか！　言い出しっぺが今更何言ってるんすか」

「そうですよ、さっきまでしきりに時計を気にしていたじゃないですか」

「えっと……」

なんと、今回の計画の立案者はジークらしい。こういうことは、どちらかというとヒルメスなどがやりそうなイメージがあるから意外。

ミランダレットたちに囲まれて、ジークはどこか照れ臭そうだった。その姿が、記憶の中にいる誰かの姿とかぶる。

ジークと同じ黒髪で、よく似た容貌の、だけれど目の色は左右違うものではない誰かと……。

「！」

ナオの名前が一瞬出てこなかったことに、レティシエルは衝撃を受けた。

この時代に転生してきても、その名前だけは一度たりとも忘れたことはないつもりだったのに。

もしかして、これも領地で『ドロッセル』の記憶をあれこれと思い出したことに由来する副作用なのか。

ならば、このままドロッセルの記憶が戻り続けたら、『レティシエル』は本当にどうなる？

「……ドロッセル嬢？」

「あ、いえ、なんでもありません。ただいま、ジーク」

「おかえりなさい、ご無事で良かったです」

動揺が顔に出ていたのか、ジークに心配された。すぐに首を横に振る。

それでも学園に戻ってきて早々、彼がレティシエルを出迎えようとしてくれたことが、なんだかナオに似ていて嬉しかった。

「なあなあ、ドロッセル様の帰還を記念して今日昼とかにパーッとお祝いしようぜ、パーッと！」

「ヒルメスってば……いつもと変わらない食堂で、どうやってそんなパーティーみたいなことができるのよ」

「んーと、とりあえず食堂のメニュー全部頼むとか」

「それは食堂の人たちを困らせちゃうでしょ！　というかそんなに食べきれるわけないじゃない！」

「ご、ごめん……」

「ふふ」

　はしゃぎすぎてミランダレットに雷を落とされたヒルメスが肩を落とし、それを見てヴェロニカが笑っている。

「あ、そうだ。ドロッセル様がいない間に、花壇のお花が、咲いたんですよ。その……お暇があれば、今度見に来られませんか？」

「そうね、ぜひ見せてほしいわ。体調のほうが……問題ない？」

「は、はい、最近は何とも」

　魔力飽和症を患っているヴェロニカの具合が心配だったが、楽しそうにしている彼女の様子からして大丈夫そうだ。

「実はあれから、例の歌を時々、歌ってるんです」

「例の……あの吟遊詩人の歌?」

「はい！　その、あの歌を歌っていると、懐かしいだけじゃなくて、体が軽くなるんです」

「あら、もしかして歌っている間は溜まった魔力が放出されるのかしら?」

「かも、しれないです」

ただ魔法を使おうとしても相変わらずうまく発動しないらしい。

魔力を排出することと、それを魔法の燃料にすることは必ずしも連動するわけではないようだ。

(……ただ排出するだけなら……)

前に秘書庫で知った錬金術の仕組みを思い出す。

あれは確か放出した魔力を、特殊な魔法陣を介して魔素と融合させる力だった。それを使えば、もう少し魔力の循環が改善するのではないか。

もっとも、ちゃんとした使い方がわからないのでまだどうにもできないが。

前に行商人のエディが学園の図書室に本を仕入れてくれると言っていたけど、探したら見つかるかしら?

「どうしました、ドロッセル嬢?」

「ん?　いえ、楽しいなと」

公爵家の事情がすべて解決して以来、ようやく日常が戻ってきたことをレティシエルは実感した。

「それにしたって皆さん、元気よね……」

「ええ、本当に」

「ずっとこの調子だったの？」

「いえ、皆さんが元気になったのはほんの数日前からですよ」

「数日前……」

「ドロッセル嬢の家の裁判が終わったと、学園内で噂が流れ始めたあとです」

「ふふ、そうだったの」

ジークとそんな会話をしていると、ふと別館内に鐘の音が鳴り響く。これは多分、一時間目が始まる鐘だった気がする。

「んが！　いけね、遅刻する！」

「ド、ドロッセル様、またお昼にお会いしましょう！　あ、ヒルメスは私が阻止しますので、そこは安心してくださいね！」

「わかったわ」

鐘の音にせかされるように、ミランダレットたちは慌ただしく大図書室から飛び出していく。一瞬で部屋の中は静かになった。

「あ、嵐のような人たちでしたね……」

「主にヒルメス様が、ですけど。ところでツバル様は授業に行かなくていいのですか?」

「いえ、僕も行きますけど、ドロッセル様にお伝えしたいことがあって」

「?」

「……あ、肝心の本を持ってきてない。す、すみません、あの、今度研究室に来た時にお話しします」

時計を確認してから、ツバルもまたペコペコ頭を下げながら去っていった。室内にはレティシエルとジークだけが残される。

「なんかすみません、妙にドタバタして……」

「あら、そんなことはないわ。むしろヒルメス様たちはこのくらい賑やかでないと落ち着きませんよ」

「ハハ、確かにそれはそうですね」

もじヒルメスが大人しかったら、逆に何かあったとかと心配になる。レティシエルの言葉にジークは小さく笑った。

この一か月近く、ジークは自身の研究室にいることが多く、大図書室にはそこまで頻繁には通っていないらしい。

ジーク曰く、ここに収蔵されている書物はあらかた調べ尽くしたので、これ以上同じ方向性で調べても結果は出ないと踏んでのことだという。

「そうね、その通りだと思うわ」

「それにドロッセル嬢がいてくれたほうが、情報集めはスムーズに進みますしね」

「それは買いかぶりというものですよ。ところでデイヴィッドさんの姿が見えませんね。

いつもならカウンターにいるのに……」

「あぁ……そういえば最近あまり見かけませんね。どこかに出かけているのだと思っているんですが」

　無人のカウンターに目を向けていると、ジークがそう言った。

　確かに以前行商人から本を譲ってもらっていたし、本の収集にでも行っているのかもしれない。

「……どうかしたんですか？」

「……？　いきなりどうしました？」

「いえ。少し、浮かない顔をしているように見えたので……」

　おっと、顔に出ていたのか。

　遠慮がちなジークの指摘に、最近もしかして顔に出やすくなっているのだろうか、と変なところが気になってしまった。

「あぁ、大したことではありませんよ。衝動的に領地に戻ったはいいけど、戻ったら戻ったでいろいろ思い出しただけだから」

「……私で良ければ、話を聞きますよ？」

「ふふ、ありがとうジーク。でも本当に大丈夫よ、心配しないで」

ジークの厚意はとても嬉しいが、レティシエルは首を横に振った。

領地でよみがえったドロッセルの記憶は、きっとレティシエルが自分で向き合って受け入れるべき問題なのだから。

「それで、私がいない間に何かありました？」

「あ、はい。事件らしい事件は起きていませんけど、少し気になる情報を得たんです」

「……気になる情報？」

ジークはゴソゴソと、制服のポケットから手帳のようなものを取り出した。どうやら集めた情報は一冊にまとめているらしい。

「ドロッセル嬢は、陸軍第11小隊の事件を覚えていますか？」

「陸軍第11小隊……以前国境付近で起きた集団失踪のことかしら？」

一時期国内を騒がせていた事件で、新聞でも連日一面を飾っていたと、新聞を購読しているルヴィクから聞いたことがある。

「ええ、ヨルドの街で起きたアレです」

「それがどうかしたの？」

「ちょうどドロッセル嬢が領地に行かれて三日後くらいに、帝国の国境沿いで山賊騒動があったんですよ」

「山賊？」

レティシエルは首をかしげる。山賊が出ることは別におかしいとは思えなかった。

そもそも今のイーリス帝国は、国内の情勢があまり穏やかではないと聞く。そういうタイミングで賊が跋扈するのは別におかしなことではない。

「特に珍しいことではないのでは？」

「山賊自体は確かにどの時代どの国にもありますが……その山賊たちは、プラティナ王国の陸軍の鎧を着ていたそうなんです」

「……え？」

ただその情報は、珍しくない、の一言では片づけられなかった。

プラティナ王国の軍鎧を着た山賊たち。軍の鎧は所属する兵たちの人数分しか生産されない特殊な鎧だ。

だからそれを山賊が着ていたということはよく似た偽物なのか、あるいは本物のどちらか。そし後者なのであれば……。

「失踪した小隊が、山賊の正体だってこと……？」

「まだ私の仮説にすぎませんが、新聞の記事では質の良い武器を持った、腕の立つ山賊と書かれていたので、可能性としては十分あり得るのではないでしょうか」

「……結社が絡んでいるのかしら」

確かに武器や武術まで言及されているなら、少なくともただのゴロツキの集まりとしての山賊ではないのは確かだろう。

「でも結社がその事件に裏から関わっていたとして、いったい何が目的なのかしら？」

「一度イーリス帝国のことも調べてみます？　何かわかるかもしれません」

「そうね、そうしましょう」

二人は早速分担して本を探し始める。

これまで魔法とかラピス國（こく）についても資料ばかり探してきたが、同盟関係にあってなおかつ大陸最大の国であるイーリス帝国についての本は山のようにあった。

おかげでレティシエルたちが陣取っているテーブルの上は、あっという間に大量の書物で溢（あふ）れ返ってしまった。

そのとき大図書室のドアが開き、ルーカスがツカツカと中に入ってきた。

「おーい、デイヴィッド……って、お前たちいたのか」

「おはようございます、学園長。デイヴィッドさんでしたら朝から留守にしていますよ」

「またか。仕方ない、出直すか……」

ジークの返答にルーカスは一瞬渋い顔をしたが、ため息をつくとレティシエルたちのところまで歩いてきた。

「ドロッセル、お前今日学園に復帰したばかりだろ。今日くらいゆっくりしてもいいんじゃないのか？」

「時間は有限ですからそういうわけにもいきませんよ。それに、多分他にやることがないです」

「お前は一に研究、二に研究だからな……」

「ありがとうございます」

「褒めてるわけじゃないんだが……ん？　こいつは……」

適当に机の上に広げられている本のうち、一枚の挿絵にルーカスは目を奪われていた。

楽器を持った若い男性を中心に、彼の足元には小さな子どもたちが座っている。なんの本かと思って表紙を見たら、吟遊詩人についての本だった。

「学園長、もしかしてこの絵の人物を知ってるんですか？」

「いや、知り合いってわけではない。ただ……」

「ただ？」

「俺にこの腕をくれた奴に似てると思ってよ。ほら、前に話しただろ？　宿を貸した男のこと」

「あぁ……」

そんな話を少し前にルーカスから聞かされたのを思い出した。構造も動力も不明の義手を研究できないかと思ったが、ルーカスに断固拒否されたアレだ。

「学園長、やっぱりその義手……」

「分解はさせねえからな」

「まだ何も言っていませんが」

「言い出すのが目に見えてるんだよ！」

二回目なら研究させてくれないかなと思って聞こうとしたけど、やはりダメだった。

「ただあれ以降俺も気になってはいたからな、支障が出ない範囲で調べてみた。時間はかかったがな」

しかしルーカスはそう言葉を続けて、やれやれと深いため息をついた。今度はちょっと、いや結構予想外。

「……お前、今何か失礼なこと考えてただろ」

「いえ？」

「……まぁいい。とりあえずわかったのは、この腕が俺の魔力を勝手に吸い上げて半永久的に動いてるってことだけだ」

「魔力を？」

「あぁ。道理であれ以来魔法の使い勝手が悪くなったわけか……」

けれど今の王国の技術ではとても作れない代物であることは変わらないようだ。そもそもこの国には、魔力を燃料にするという発想すらないのだから。

「じゃあ、俺はいったん仕事しに戻る。もしデイヴィッドが来たら呼んでくれ」

「わかりました」

レティシエルは頷いた。ヒラヒラと手を振りながらルーカスは大図書室から去っていく。

「しかし……意外に世間は狭いですね」

「……？　何がですか？」

「いえ、この吟遊詩人ドゥーニクスですよ。楽譜のときといい、学園長の義手といい、最近よく名前を見かけるので」

絵のある本を手元に手繰り寄せ、挿絵を眺めながらジークが言った。

「それに、少し父に似ているような気がします」

「御父君に？」

「といっても会わなくなって久しいし、思い違いかもしれませんけど」

「……もしかして、本人？」

「まさか。雰囲気は似てるけど、父は歌が下手でしたし、そもそも父の名はローランドです」

レティシエルの問いにジークは楽しげに笑った。さすがに雰囲気が似てるかもしれないから本人というのは飛躍しすぎている。

「でも、吟遊詩人ってそんな簡単に国境を行き来できるものなのかしら？」

「どうなんでしょう？　世界的に有名な詩人たちが、両国を行き来していた記録はありますが……」

　変わった吟遊詩人として、ドゥーニクスもある意味有名だから、国を越えることは可能だったのかもしれない。

（……思っていたよりも話がずっと広がってるわ）

　最初にドゥーニクスの存在に行き着いたのは、ヴェロニカに魔術を使わせたあの楽譜。

　それが回り回ってイーリス帝国にまで噛んできているとなると、さすがに偶然にしてはできすぎな気がした。

　白の結社にまつわる一連の事件は、プラティナ王国とラピス國だけの問題ではないのだろうか。

　大陸全域を巻き込んで、いったい彼らは何をしようとしているのだろう……？

「ドロッセル嬢？」

「……ううん、なんでもないわ」

　次々新しい情報は湧いてくるが、それでも少しずつだけど確実に白の結社やあの謎の力に近づいている。

　必ず、すべての真実を突き止めてみせる。力強く拳を握り、レティシエルはそう固く心に誓った。

＊＊＊

本棚から抜き出した本を持って、ドロッセルは当たり前のようにジークの隣の椅子を引いた。

自分の読書をいったん中断し、ジークは横に座った彼女を横目でそっと見た。

軽く目を伏せ、静かに読書の世界に浸っているドロッセルの横顔は、まるで端整な彫刻のようだった。

窓から図書室に差し込む朝日に照らされた彼女の白銀の長い髪が、光を反射して淡く輝いている。

髪を耳に掛けながらページをめくる優雅な姿に、読書も忘れてジークはつい見入ってしまう。

ドロッセルが自分の横に座るようになったのも、ジークが彼女を目で追うようになったのも、いつからだっただろう？

「それ、何を読んでるんですか？」

「ん？　あぁ、これ？　錬金術の本よ」

気になって聞いてみると、ドロッセルは一度こっちに目を向けたが、すぐに本の表紙をジークに見せてくれた。

「錬金術……王立図書館で見つけたと言っていたアレですか？」

「そう。昔、知人が関連書籍を図書室に卸してくれると言っていたのを思い出して、それで探してみたの」

「もしかして、その三冊全部ですか？」

「そうよ。でも今は錬金術の資料も貴重らしいし、三冊集まっただけでもかなりの収穫だと思うわ」

そう言いつつ、書かれた文章を指でなぞっているドロッセルの横顔はとても満足そうだった。

「興味があるんですね」

「ヴェロ様にどうかと思って」

「ヴェロニカ嬢に？」

「ええ、彼女は魔力飽和症でしょう？　錬金術は魔力を排出することで発動できる力だから、負担が軽くなるかもしれないと思って」

「それは思いつきませんでした……てっきりご自分で使われるのかと」

「そもそも私では出せる魔力もないでしょう？」

「まったくもっておっしゃる通りです」

思わず笑みをこぼしてしまう。彼女と話している間はいつも楽しい。

こんなことを言ったら自慢に聞こえるかもしれないが、学園に入る以前からジークと話が合う人というのは一人もいなかった。

正確には話についてこられる人がいなくて、ジークが相手の知識に合わせてしまうため話が弾まないのだ。

だからルクレツィア学園に入学したあとも、生徒たちと話すより教師たちと話すことのほうが楽しくて、研究室をもらってからは早々に引きこもった。

貴族だらけの学園内を歩けば、それだけで生徒たちから嫌味を言われることも、理由の一つではあるが。

そんな中、ドロッセルと出会った。

第一印象は、変わった貴族令嬢だった。身分を笠(かさ)には着ないし、機械には興味を持つし、社交にも興味がない。

ジークの中で形成されていた貴族のイメージを根本から覆した人だと、自信を持って言える。

加えて尋常じゃないくらい頭が良い人でもあった。

機械のことを教えた翌日に、論文や関係書籍を十冊近く読み込んで暗記してくる令嬢など今まで会ったことがない。

　でも、だからこそ話せば話すほど彼女に惹かれていった。

　彼女が大図書室にこもって手当たり次第に本を読みふけるようになってからは、どんな話題を振っても打てば響くようになった。

　ますますドロッセルと話すのが楽しくて、ついジークも大図書室に入り浸るようになってしまった。

「……領地で、何かありました？」

「うーん……関係ありそうな情報はいろいろあったけど、聞く？」

「それは聞きたいですが……ドロッセル嬢は、なんともなかったんですか？」

「私？　私は平気よ。油断して三日間気を失ったことはあったけど、それ以外は何も」

「え……そ、それは大丈夫なんですか!?」

「この通り元気よ、心配しないで」

　三日も気を失うなんて、かなりの重傷を負ったのかと目を剝いたが、本人はいたってカラッとしている。

「どこから話そうかしら……まず、領地では聖レティシエルという聖人が信仰されていて――……」

　公爵領で起きた出来事について、ドロッセルは順を追って説明してくれた。

時計塔の機械室で出会ったときは、まさか黒い霧や白の結社のことを彼女と一緒に追うことになるなど誰が予想できただろう。

しかし同時にジークにとって、ドロッセルは一つの希望でもあった。

彼女と真実を追いかけていった先で、幼少期にジークを狙っていた人間の正体や、父の行方がわかるかもしれない。

(そういえば、あのとき父さんは何を話していたんだろう……)

幼い頃の記憶がほとんどないジークだが、一つだけ比較的鮮明に覚えていることがある。

唯一、父の背後にかばわれているのではなく、父の横で手をつないで立っていたときの記憶だ。

二人の前に誰かが立っている。それまで襲ってきていた白髪に赤い瞳の奴ら(やつら)ではない。

姿はぼんやりとしか見えないが、白いマントの裾がはためいていた。

その人物は父と何か話していたように思う。話の内容はわからないが、そこまで話は長引かなかった気がする。

それ以降、ジークが覚えている限りでは、謎の刺客は二度と現れなくなった。

「……あ、そうだ」

最後まで話し終えて一息ついたとき、ハッと思い出したようにドロッセルが顔をこちらに向けた。

「ねえ、ジーク。あの呼び方、やめない？」

「……？　あの呼び方？」

それが何を指した問いなのかわからず、ジークはつい彼女の言葉をオウム返ししてしまった。

「ええ。ジークは私のこと、ずっと『ドロッセル嬢』と呼んでいるでしょう？」

「あぁ……」

指摘されてやっと思い至った。

出会った当初、しがない平民にすぎないジークに対して、彼女のほうは王家に次ぐ権力を持つ公爵位の令嬢だった。

ミランダレットやヒルメスたちは気軽に彼女を様付けで呼んでいたが、自分もそれに追随するのはダメな気がして貴族令嬢への敬称で彼女を呼んだ。

貴族は身分にうるさいものだと思っていたし、そう呼んでいれば文句は言われないと判断したからだ。

それに、当時は貴族そのものに対して、さほど良いイメージを持っていなかったこともあったかもしれない。

もっとも、彼女が身分のことを気にしたことなど、結局のところ一度もなかったけれど。

「私はもう貴族ではないし、ジークと同じく平民だもの」

「それはそうですが……」

「だから貴族令嬢を呼ぶ方法で、私を呼ぶ必要はもうないと思うわ」

理にかなった至極まともなことを言われているのだが、なにぶんいきなりだったので

ジークはフリーズしてしまった。

「……」

「ジーク？」

「え？　あ、いえ、ずっとドロッセル嬢と呼んできたから、どう呼んだらいいか……」

「……？　普通に呼び捨てでいいんじゃないかしら？」

「そんなサラッと呼べませんよ！」

まるでそれが当たり前のように真面目に言ってのけるドロッセルに、ジークは反射的に

叫んでしまった。

「では、ドロッセル……様で」

「……」

「……？　どうしました？」

「いえ……まぁ、いいわ」

結局、いきなり呼び捨てなど到底できるはずもないので、様付けで妥協した。

不思議そうにドロッセルは首をかしげている。もしかして様付けで呼ぶことも腑に落ち

ないのだろうか。

「これでも、まだ気になりますか？」

「だって私は今平民でしょう？　同い年で平民同士なのに様付けは変じゃないかしら？」

「変じゃないですよ、多分……」

ただし変だとは心のどこかで自分も思っているので、あまり自信はない。

「そもそも一年近く貴族としてのあなたに接していたのだから、その癖はこんな一瞬では直りませんよ」

「そういうもの？」

「そういうものですよ」

確かに彼女がジークの立場だったら、あっさり敬語と様付けを取って普通に話しただろうが、慣れの行程を飛ばしていきなりそのステップに乗ることは、ジークにはちょっとできそうにない。

「まぁ、好きに呼んでくれて構わないわ。これからもよろしくね、ジーク」

「こちらこそよろしくお願いします、ドロッセル様」

そう言って柔らかく微笑(ほほえ)んだドロッセルの後ろには、ゆるやかに朝日が差し込んでいる窓がある。

まるで彼女自身が光り輝いているようで、ジークは思わず眩(まぶ)しそうに目を細めた。

閑章　第三王子の憂い事

フィリアレギス家の裁判が終わったあとも、王城では官僚たちが反乱の後始末に追われていた。

そんな中、領地で調べ上げたことをオズワルドに報告するため、エーデルハルトは城の廊下を歩いていた。

かの家の罪状にはさほど関係ない情報ばかりなので、資料の提出はしていない。

裁判の準備で多忙を極めていたあの時期を狙って、わざわざ労力を割いてもらうのは悪いと思ったのだ。

「なぁ、あの裁判の話なんだけどさ」

「いやいや、お前この間もそれ聞いてきただろ」

「いいじゃないか、俺みたいな下級官僚は参加できないんだし」

「そうそう、気になることが多いんだよ」

「えぇ？　噂(うわさ)通りの内容だと思うんだけど？」

「それでも気になるものは気になるだろ？」

会釈して通り過ぎていく官僚たちが、裁判のことを噂にしている。

　もう裁判が終わってそれなりに経つが、この盛り上がりようでは、まだしばらくはこの話題で持ちきりだろう。

「普通こういうことって、第三者が介入するんじゃないのか？」

「介入はあったんじゃないかって話でしょう？」

「僕、公開された資料を見ましたけど、三年くらい前から出所不明の輸入があったみたいですよ」

「……公爵家でも堕ちるときはあっという間に堕ちますすね」

「名門がつぶれるというのも、切ないものですね」

「そうですね……」

　角を曲がって階段を上る。踊り場でも別の官僚たちが何かささやき合っている。

　公爵家の管理能力の低さから起きた悲劇だとか、これまでの年数いったい何をやっていたのかとか、圧倒的に非難の声のほうが多い。

　もっとも、それらの指摘も的を射ていることに変わりはないから、エーデルハルトも特に止めには入らないが。

「……じゃあ、やっぱあのご令嬢の話は本当だったのか」

「あぁ。緘口令が敷かれてるから下手に洩らせないけどな」

「どう思う、あれ。同じ家なら罪も同じであるべきじゃないか？」

「いやいや、そんなことないだろ」

「でもそうは言っても……」

中には一人だけ厳罰から逃れた令嬢……ドロッセルについての噂も交じっている。

正直なところ、彼女の処遇については王城内で意見が若干割れていた。

彼女も同罪ではないかという声と、それを知って彼女は実家を止めたからその勇気は称えるべきという声。

ドロッセルが実際にどれほど深く今回の騒動打開に貢献しているのかまでは、噂では出回っていない。

だからこそ身分剝奪だけで許されていることが、納得できない人間はいるのだろう。

王による最終決定はすでになされている。

そのため議論が表面化することはないが、領地での彼女を知っている身としては、この論争を聞いているのは気分が良くない。

「……踊り場で雑談をしていられるくらい、暇な部署があるみたいだね」

「……！　も、申し訳ございません！」

小さく、でも官僚たちには聞こえるくらいの声でそう言うと、ギョッと肩をこわばらせた彼らは頭を下げてその場を立ち去った。

「……」

ガシガシと頭を掻いた。自分で言っておいてなんだが、我ながら大人げないと思う。

嘆息しつつエーデルハルトは階段を上る。どうも幼馴染が悪く言われているのを聞くと黙っていられないらしい。

……昔はこうもすぐに口が出る性分ではなかったのだが。

領地で会って以来、まだ顔を合わせていないドロッセルのことを思い浮かべる。

貴族界の一部ではほんの少し、ドロッセルの性格が依然と大分違うことを噂している者たちはいた。

だがそれは些細なことだとエーデルハルトは思っている。実際、その噂も水面に浮き出る前に立ち消えている。

「……はぁ、ったく」

六歳当時に最後に会った彼女と、今の彼女とが異なっていることについて、エーデルハルトが何か思うことがないわけではない。

むしろ今の彼女だからこそ接していてわかることもあるし、その未知の知識にも興味がある。

エーデルハルトが気にかけているのは、彼女が本当にドロッセルなのかということだ。

年月を経て人間が変化するのは当たり前のことだが、入れ替わりなどで人が替わるとなると話は別である。

今のドロッセルにエーデルハルトが抱いている違和感は、まさにその心配だった。かつての彼女では知り得ないような知識、振る舞い。まるで中身が別の人間になってしまったような、そんな錯覚に陥ってしまう。

彼女が今も変わらず彼女であることを確かめるために、彼女の執事に話を聞こうとしたのだが、途中から彼が辛そうにしていたからやめた。

彼らの関係をかく乱してまで、何がなんでも確認したいわけではないのだから。

それに多分、エーデルハルトは心のどこから彼女が本物だとわかっている。ただ最後の踏ん切りがつかないだけだ。

「今回の騒動、思ってよりもスムーズに処理が終わりそうですね」

「これも国王陛下の仕事の速さが成した功だろう。今も呪いだのなんだの言う輩はいるが、あの方が王で良かったよ」

「はい！　しかし、最後の最後で死人が出てしまったのが後味悪いですね……」

「あればかりはどうしようもないだろう。あんなことになるなんて、誰も想像できなかったんだから」

王の執務室がある廊下にやってくると、ちょうど資料室に入っていった貴族たちの会話が聞こえてきた。

「結局、襲撃犯は誰だったんですかね？」

「謎らしいぞ？　どっかの近隣貴族か山賊かとも噂されてたんだが……」

「山賊……確かに最近そういう事件は聞きますよね」

「おい、憶測で物を言うな」

「あ、すみません」

「……」

資料室のドアが閉まり、一人になってエーデルハルトは思わず眉をひそめる。

今回の裁判についても、処遇についても、エーデルハルトは何も異議を唱えるつもりはない。それが正しい判決だと思っている。

だが唯一、心に引っ掛かっていることがある。それがサリーニャ＝ミレーヌ＝フィリアレギスの死だ。

領地から王都に戻る道中、サリーニャを乗せた馬車が何者かによって襲撃され、護衛していた兵士は全員死亡、サリーニャもまた行方知れずとなった。

現場に放置されていた馬車の残骸の中には、血に染まったショールと銀色の髪が残されていた。

この状況を見ればサリーニャの生存は絶望的。その死は王室もあっさりと認め、みんなそれで納得している。

「やっぱり納得できねえな……」

しかしエーデルハルトだけは、サリーニャの死という認識に疑問を呈していた。

なぜなら素直に彼女の死を受け入れられないくらいに、エーデルハルトはサリーニャの言動に違和感を抱いていた。

『……フフ』

領地の屋敷で、兵士たちに連行されていくサリーニャの姿を今でも覚えている。

兵士たちは気づいていなかったようだが、彼女はあのとき確かに笑っていた。それもとても嬉しそうに。

これから先、公爵家がどうなっていくか、あの時点でわからないはずがないだろう。

生まれてこのかた生粋の貴族として生きてきた人間にとって、決して喜ばしい未来ではない。

それでも笑えるのなら、それは捕まったことが嬉しいのか、あるいは何か他に嬉しいと思えることがあったのか。

でもそのときは、ただどうしたのかと怪訝に思っただけで、特にその意味を深く考えることはなかった。

今回の騒動で、最重要人物として国がマークしていたのはフリードとクリスタだった。

だから他の公爵家の者はさほど取り沙汰されることなく、サリーニャには皆さほど意識は向けなかった。

「……」

だからサリーニャが突然、王都帰還の順番を最後にしてほしいと言ってきたときも、順番が前後しても大して変わらないだろうと許可を出した。

今思うと、あの笑みももっと別の意味があったのではないか。要望を言ってきたのも、逃げるためだったと考えられなくもない。

「あぁ……くそ」

それに、サリーニャが軟禁されていたテントから、夜に時々話し声が聞こえていたという報告もあった。

サリーニャが頻繁に門番の兵を雑談相手にしていたことは知っていたから、時たま十分程度、門番の姿を見かけなくても気にしてはいなかった。

しかし思えばそれなら二人いる門番がどちらもいないのは妙だろう。

たとえ片方が雑談相手に乞われたとしても、もう一人は警護に残らなければならない。でなければ見張りの意味がない。

あれだけあちこちに兵がうろついている中、しかも騒動の直後に身を隠しもせず堂々と乗り込んでくる可能性は低いと勝手に考えていた。

しかし常識が通用しないような連中だ、可能性は十分にある。

サリーニャの雑談相手を、本当に番兵が務めていたとは限らないのだ。

「……はぁ」

　こんなことになるとわかっていたら、移送の順番を変えることなど許可しなかったし、話し声の件ももっと詳しく調査した。

　もう少し警戒しておくべきだったと今更ながら思うが、過ぎてしまったことを後悔しても始まらない。

　鬱々とした気分をため息と一緒に押し出し、エーデルハルトは王の執務室の前に立つ。

「父上、いらっしゃいますか？」

「む？　エーデルハルトか？　入りたまえ」

「失礼します」

　執務室のドアを押し開ける。

　気がかりなことは多いが、わかったこともある。今は父に報告をするほうが先だ。一進一退でも、進んでいないよりはマシだろう。

　エーデルハルトにはサリーニャが死んでいるとは思えない。

　今回の件が落ち着いたら、彼女の周辺や交流関係などをもう一度徹底的に洗い直したほうが良いかもしれない。

　あの女は今もきっと生きている。根拠はどこにもない。ただなんとなく、確信めいた予感があった。

三章　人の歴史と精霊の事情

「うわっ！」

部屋に入ってきた執事が、悲鳴を上げて一瞬で部屋から出ていった。

それを視界の端に捉えてはいるが、今ロシュフォードはそれどころではない。

「う、ぐ……」

張り裂けそうに熱を帯びて脈打つ心臓に、体中の血液が逆流するような激痛が走る。

そちらを直視せずとも、ランプに照らされて壁に映る影が、明らかに人間のものではない異形の何かだとは自覚していた。

何せ先日、壁に映る自分の影を見て愕然（がくぜん）としたばかりなのだから。

目を覚ましてから、自分の中に何かが巣くうているのをはっきり感じる。

見た目も心も人間であることは間違いないのだが、ふとした瞬間に床に映る自身の影が揺らぐ。

そしてこの訳がわからない発作が突発的に起きる。

おかげで最近は使用人たちと顔を合わせることもない。そもそも向こうがこちらを恐れているのだから。

「あぐ……」

もしこの衝動に呑まれてしまったら、二度と人間に戻れなくなる。

なんとなくそんな気がして、発作が起こる度、自身の内でのたうち回るこの怪物をどうにか抑え込もうとする。

こうなると基本的に一日近く痛みが続くことになるが、乗りきれれば発作は治まってくれる。

誰かが部屋の中に駆け込んでくるのが見えた。

いつもみたくすぐに飛び出すと思ったが、その人物は構わずベッドの横までやってくるとロシュフォードの手を掴んだ。

「……？」

途端、先ほどまで皮膚を突き破らんばかりに荒れ狂っていた衝動が、嘘のように静まっていった。

掴まれている手が淡く光っており、そこから光が全身を包んでいる。一拍置いて、それが治癒魔法だと気づいた。

顔を上げると、ロシュフォードの顔を心配そうにのぞき込んでいる少女がいた。ピンクブロンドのボブカットに、藤色の瞳がよく似合っている。

「おはようございます、ロシュフォード様。具合はどうですか？」

「え？　あ、あぁ……」

「私のこと、覚えておいでですか？」

「……あぁ、しばらくぶりだな」

　忘れるはずもない。

　長い間意識不明で寝たきりだったロシュフォードを、そばでずっと看病してくれていた少女だ。

　自分の名前と出自以外何も覚えていないロシュフォードだが、唯一彼女のことだけはぼんやりと覚えていた。

「君は、確か……」

　クリスタという名だったはず。名前を呼ぼうとしたら、彼女のほうから口止めをされた。

「今はクリスでございます、ロシュフォード様」

「クリス……」

　なぜ名前が変わっているのか聞こうとしたが、クリスが首を横に振ったので止めた。

　名前が変わろうがなんだろうが、ロシュフォードを助けてくれたのが彼女であることは変わらないのだから。

「どうして、ここに？」

「国王陛下の命でございます」

「父上の……？」

ロシュフォードの容態が落ち着いたのを確認して、クリスは水差しや手ぬぐいをテキパキと準備している。

「……俺が、恐ろしくないのか？」

「いいえ、まったく」

ただでさえ赤い目は王国では嫌われているのに、日に日に血よりも赤くなっていくこの目はロシュフォード自身すら恐怖を覚えている。

加えて体の内を駆け回る衝動もロクにコントロールできないのに……と思ったが、クリスはあっさり頷（うなず）いた。

「なぜ？」

「赤い目も、奇妙な力も、私は身近でずっと見てきましたもの」

「……？　それは、俺のことを言っているのか？」

「……いいえ、別の人ですわ」

少しだけ、その一言を吐き出すまでクリスの口調にためらいが感じられた。その、別の人、という者との間に何かあったのかもしれない。

「だから、ロシュフォード様の目が赤くても、物を動かす妙な力をお持ちでも、ちっとも怖くありません。だって慣れていますから」

一瞬だけ嫌そうに顔をしかめたが、すぐに表情を引っ込めた。よほど気に食わないことがあったのだろうか。

「万が一、ロシュフォード様の力が暴発されても、さっきみたいに私が止めて差し上げますよ」

「……しかし、あれはたまたまかもしれないだろ」

「あら、二回目の奇跡だってあるかもしれないじゃないですか」

そう言われると、そうかもしれないとしか言えなくなってしまった。

そのまましばらくの間、無言の時間が続いた。徐々になんだか気まずくなってきて、ロシュフォードはクリスに話を振る。

「……なぁ、クリス」

「はい」

「聞かせてくれるか？　君の言う、その赤い目の人のことについて」

ロシュフォードがそう言うと、クリスの顔がわかりやすくこわばった。もしや地雷だったか？

「……聞いて、どうされるんです？　会われるのですか？」

「いや、どうもしない。別にその者本人に興味があるわけではないからな」

どうも彼女は、ロシュフォードが個人的にその見知らぬ誰かに興味を持っているように聞こえたらしい。

　怒らせたくはないから、気を付けて言葉を選ぶ。ロシュフォードはその誰かさんの境遇に興味があるだけなのだ。

「ただ同じ境遇の人間がいるなら、その人がどういう人生をたどって、どうやって赤い目や力と付き合ってきたのか参考にしたいんだ。今の状態では、俺はこの力をどう制御して良いのかも見当つかないんだからな」

「……」

「それに、これからはクリスもここにいるんだろ？　この妙な力さえ制御できれば、君を巻き込んだり傷つけることもないだろうし」

「ロシュフォード様……」

　こちらの言い分を聞いて、クリスは一度考え込むように目を伏せ、再び顔を上げるとコクリと頷いた。

「……わかりました。お役に立てるかはわかりませんが、私の知っている限りお話しいたします」

「ありがとう。あ、それと」

「？」

「クリスのことも聞かせてくれないか？　君自身についてだ」

「……！」

　そう付け加えると、クリスが思いきり目を見開いた。そんなに驚くことかな、と微妙に悲しい気分になった。

「なんだその反応は。変なことを言ってはいないぞ」

「いえ、少し意外で……私は何も持たないただのクリスです。私の話を聞いたところで、面白くもなんともありませんよ？」

「構わない。俺が聞きたいんだからな」

「ふふ、わかりました」

　今度はすんなりクリスが頷いた。心なしかとても得意げな顔をしている気がする。

　さっきからコロコロと表情が変わるな、と思いつつ、それを見ているのも楽しくてロシュフォードも笑った。

＊＊＊

　季節がすでに冬に突入していることもあって、学園の敷地内を歩いていると冷たい風が肌を撫でていく。

（……プラティナ王国には雪は降らないのかしら？）

空は曇っているが、雪が降る気配はない。南の国だから仕方ないのかもしれない。

リジェネローゼ王国は冬になればいつも雪が降っていた。

大陸の辺境にあったこと以外覚えていないから位置は未だにわかっていないが、多分北のほうにあったのだと思う。

時々コートを着込んで庭園を散歩している生徒たちを見かける。

雪が降る国で生きていたせいか、このくらいの寒さはレティシエルにはまったく応えない。

レティシエルが再び学園に通えるようになったのは良いが、大型の休暇が近いから通学日はそんなに多くなかった。

あと半月もすればルクレツィア学園は冬期休暇に突入し、そのまま春まで寮暮らしの生徒を含め、全生徒は家に帰ることになっている。

そしてこの休暇が明ければ、レティシエルは初等生ではなく、一つ上の学年たる中等生になる。

この世界に転生してきてかなりいろいろな出来事があったが、それでもまだ一年は経過していないのだ。転生から今までの出来事に思いを馳せる。

「……あ、ドロッセル様、こんにちは」

放課後、これまた久々に研究室を訪れると、ドアを開けるなりすぐさま奥からツバルが飛んできた。

「こんにちは、ツバル様。すみません、ずっと留守をお任せして」

「いえ、それも僕の大事な仕事ですから」

そう言ってツバルはグッと両手でガッツポーズを作り、楽しそうに笑ってみせた。

「それでツバル様、今朝言っていた、私に伝えたいことって何かしら？」

「あぁ、実は実家にあった資料を整理していたときに、ちょっと変わった本を見つけたからドロッセル様に見ていただこうと思ったんです」

ちょっと待ってくださいね、と言い残してツバルはバタバタと二階に駆け上がり、しばらくすると一冊の黄ばんだ表紙の本を持って戻ってきた。

「これです」

渡されたのは、革で装丁もされていない薄い紙の本だった。

この国では市井で販売される本はほとんど装丁されているから、これはおそらくツバルの家が個人的に所有していたものだと思う。

もちろん個人で所有していても装丁する人もいるが。

「これは？」

「ご先祖様が残した童話です。以前お話ししたと思うんですけど、僕の家は探究者の一族であることもあって、歴史書はもちろんこういう本も時々書くんですよ」

「へぇ、そうなんですね」

相槌を打ちながらレティシエルは慎重にページをめくる。

心優しい平民の女性と不思議な力と翼を持つ天使の恋物語のようだった。

貧しい人々に無償の治療を施し、親を亡くした子どものために作った孤児院で暮らしている女性が、ある日傷ついた天使を拾う。

初めは女性を警戒していた天使も、彼女の献身的な優しさに心打たれ、やがて少しずつ彼女を愛しいと思うようになり……。

「これがどうかしたんですか？」

「実はこれ、もとは多分王国でもかなり有名な童話なんです」

「童話……あまり詳しくないわ」

「心優しい女性と、傷ついた天使が恋に落ち、しかし寿命の相違によって天使は彼女のもとを去る……というのが世間で知られているのはこの物語ですね」

「これもそういう話ではないの？」

「それが……微妙に違っているんです」

続きを読んでみると、確かにツバルの言う通り、この本の中では天使が女性に恋したあとの展開が違う。

天使の恋は彼から相手への一方通行の想いで、二人は恋人ではなく最後の最後まで友人関係のままだった。

そしてあるとき、自身が女性と同じ時間に生きられないことを悟った天使は、彼女に想いも告げぬまま姿を消した。

やがて月日は過ぎ、女性は純潔を保ったまま一人の赤ちゃんを産み落とし、その子に天使の面影を見出す。

「一般的に知られてるストーリーと比べると、ずいぶん雰囲気が違うわね……」

悲恋の童話にあった悲愴感が緩和された分、妙にリアリティのある話に変わっている気がする。

まるで、本当にどこかでこんな話があったみたいだ。

「この話ってモデルになった人でもいるのですか？」

「？」

「いえ、孤児院を作ったり人々を無条件に治療する女性なんて……どこかで同じようなことをしていた人がいた気がするの」

「あぁ。それなら確か聖ルクレツィア様を主役に見立てていたはずです」

「聖ルクレツィア様か……」

割と最近、ミュージアムでいろいろ話を聞いたばかりの聖人様だ。

癒しの力で人々の傷や病を無償で治療し、ルクレツィア学園の前身となる孤児院を創設した。確か生涯結婚をせず、子孫を残すこともなく……。

「……ん？　聖ルクレツィア様って生涯独身だったんですよね？」

そこまで思い返してレティシエルは違和感を覚えた。伝説の内容と、この本の内容が一致しない。

伝説の中では子孫を残していないはずの聖ルクレツィアが、なぜ作品の中では処女出産をしているのだろう。

もちろん脚色しているからだとも考えられるが、それでは『主役に見立てる』ことはできない。完全にフィクションになる。

「はい。僕の家には、決してウソの出来事を後世に書き残してはいけない、という家則が昔からあるんです。いつでも正しい知識と歴史を伝えるために、犯してはならないと……」

「なるほど、世間に出回ってる物語との相違がありすぎて不思議に思ったんですね」

「はい……」

確かに伝説と童話の中で三種類の『聖ルクレツィア』が書かれていれば、一種類しか知らなかった人間が戸惑うのも無理はない。

レティシエルも、聖ルクレツィアって本当のところどんな人物だったのだろうと、少し気になってきた。

「もしかしてわざわざ探してくれたんですか？」

「はい。その……近頃ジーク様といろいろ調べてるようだったので、普段からお世話になってますし、どんな些細なことでもお役に立てればと思って……」

「あら、気づいていたんですか？」

「は、はい。ドロッセル様、この頃難しい顔で考え込まれていることも多かったので……」

「あまり顔には出さないよう、気を付けてはいたんですが……」

「えっと、自分で言うのもなんですが、人間観察はそれなりに得意ですので……探してみて、こんなものしかなかったんですけど……」

「そんなことはありませんよ。ありがとうございます」

ツバルの気持ちにレティシエルは素直に感謝の言葉を述べた。

どの情報がどんな拍子で重要な手掛かりになるかわからない現状、一見して関係なさそうな情報でも大歓迎である。

「こういう本ってご実家にたくさんあるの？」

「ありますよ！　歴史書編纂の仕事はありますけど、そうでなくてもヴィレッジ家の人間は文章を書くのが好きですから」

聞けば、ツバルの実家であるヴィレッジ子爵家は、代々引き継いでいる家業もあって市井に出回っていない私本も多いという。

なんでも代々の家族たちが各々の日記を書き連ねたり、個人的興味で研究本を書いたりもするとか。

　むしろ家にある資料の大半は私本らしいから驚きである。

（……そういえば）

　以前ジークとニルヴァーン王立図書館に行ったときに読んだ、あの黒塗りの不気味なメッセージ付きの本も、多分誰かの私本だったと思う。

　市販されている本であれば、図書館に収められていても発売時に貼られる販売札はそのままである。それがなかったのだから。

「もしかして、昔の私本なども保管しているのかしら？」

「え、昔のですか？」

　一瞬キョトンとしてから、首をかしげながらツバルは唸った。

「うーん……ある程度でしたらあると思います」

「ある程度？」

「実はヴィレッジ子爵家は六百年前に一度断絶してるんです」

「え？　そうなんですか？」

「はい。そのときに直系の子孫は絶えてしまって、分家から取った養子が家を継いで今に至ってるみたいで」

「そうでしたか……」

直系の断絶と同時に、当時ヴィレッジ家にあった資料は私本も含めてすべてニルヴァーン王立図書館に寄贈されたという。

　そのため六百年より前に書かれた資料はツバルの家にはない。あってもかつての資料を復元する形で後年に書かれた一部の資料のみである。

　六百年前というと、盲目王によりプラティナ王国内の王朝がベバル朝からアレスター朝になった時期だったはず。

　寄贈された私本もあるのであれば、秘書庫で見たあの黒塗りの本も説明がつく。おそらくそのときに収められたのだろう。

「とにかく、ありがとうございました、ツバル様。これからも時々頼っていいかしら？」

「……！　は、はい！　もちろんです！」

　微笑んではいるが、レティシエルの内心では腑に落ちない疑問が巡っていた。

　もし本当にあの黒塗りの本がヴィレッジ家の私本なら、ますます誰がなんのためにページを塗りつぶし、あんな気味悪いメッセージを残したのか。

　そしてヴィレッジ家の直系血族は、自然に断絶してしまったのだろうか……？

＊＊＊

「お嬢様、お茶とお菓子をお持ちしました！」

部屋で読書をしていたレティシエルのもとへ、ティーセットの載った盆を持ってニコルがひょっこりと顔をのぞかせた。

学園復帰後の最初の休日ではあるが、少しでも情報が欲しくて外にも出ずに、部屋で引きこもっている。

「ありがとう、ニコル。わざわざごめんね」

最近、レティシエルの部屋にお茶などを運んでくれるのは、ほとんどニコルの役目のようになっている。

もともとは屋敷の家事をニコルが担当し、レティシエルの相手などはルヴィクがしていた。

だけど領地から戻って以降、レティシエルとルヴィクの関係がなぜかギクシャクするようになったため、こうしてニコルの仕事を増やしてしまっている。

「いえ！　それより今日はバレンタイン領のフローラルマリーの茶葉でお茶を淹れたので、ぜひ飲んでみてください！」

「あら、それかなり高い茶葉じゃなかったかしら？」

「せっかくお嬢様がお屋敷に戻られたのですし、たまには贅沢をしてもバチは当たらないかと思います！」

ふふんとニコルは笑う。

領地に行って戻ってから、ルヴィクとは反対にニコルはむしろ前よりも明るくなったような気がする。

「そう。じゃあいただくわ」

読みかけの本を横に退け、レティシエルはカップを持つ。茶葉の名前通り、濃いオレンジ色のお茶からは花の香りが立ち上っている。

一口含んでみれば、うっすらと甘みが広がる。蜂蜜のような濃厚な甘みではなく、スッと爽やかなものだ。

「……おいしい、さすがだわ」

「本当ですか？　お口に合って良かったです」

目を輝かせているニコルは、心の底から嬉しそうだった。

コンコン。

「ん？」

窓ガラスを叩く音が聞こえてきた。しかもどうやらこの部屋から聞こえているらしい。

部屋についている窓をぐるっと一通り見回すと、そのうちの一枚の向こうに、手をつなぎ合っている双子の精霊王が浮かんでいる。

「あら、ティーナにディトじゃない」

「こんにちは、お姉ちゃん」

「こんにちは、お姉さん！」

窓を開けてあげると、するりと二人は部屋の中に滑り込んできた。

神出鬼没な双子の登場にニコルは完全に固まっていたが、レティシエルがこそっと耳打ちをすると我に返って部屋を出ていく。

「あのお姉ちゃんどうしたの？」

「あのお姉さんどこに行くの？」

「おいしいものを持ってきてとお願いしたのよ。二人も食べたいでしょ？」

「やった」

「やったー！」

ティーナとディトが人間界の食べ物に興味津々なのは、かなり前から知っている。

だからお菓子の用意をニコルにお願いしたのだ。予想通り、ティーナとディトは万歳して喜んでいる。

しばらくして、焼きたてのクッキーが山盛りになったカゴを持ってニコルが戻ってきた。

どうやら急いで追加のクッキーを焼いてくれたらしい。

「……甘い」

「おいしい！」

「あ、ありがとうございます！」

本物の精霊に褒められてニコルは誇らしげだった。

「では私は掃除に行ってまいります。何かあったらお呼びください！」

「ええ、わかったわ」

一礼してニコルは部屋から退出していった。クッキーを食べながらも、双子も仲良くニコルに手を振っていた。

それからしばらく、ティーナとディトはリスのようにクッキーを詰め込みながら楽しそうに部屋のあちこちを漂っていた。

もう少し見ていても良かったが、いったん話を聞いてみることにした。

双子の両親にお灸をすえられて以降、この二人は用件があるときのみ人間界に来るようにしているので、意味があるはずである。

「ねえ、二人とも」

「「？」」

「多分クッキーを食べるために来たわけではないのよね？」

そう訊ねると、ティーナもディトもクッキーを頬張りながらピタリとフリーズした。しばしの沈黙。

これは……もしかしなくても、用事があったのをすっかり忘れていたのでは？

「これほど大切な用事をなぜ忘れておられる！　キュ。まったく誇り高き精霊王ともあろう御方が、人間の菓子につられるなど……キュ」

ポンとティーナのカバンから顔を出したキュウが、ガミガミと幼い精霊王に説教を始めた。姿が見えなかったが、やはりついてきていたか。

「……キュウ、せっきょうくさい」

「むぎゅ！」

「そうだよ。お姉ちゃんに聞きたいことがあるわ」

「そうだよ！　パパがそろそろ答えを聞きたいって！」

キュウの顔を両手で思いっきり押しつぶして黙らせ、もっともらしくティーナとディトは鷹揚に頷いて見せる。

さっきまでどう見ても忘れていたじゃない、という突っ込みは呑み込んでおくことにした。

なんだろう……この子たちの言動は可愛いのだが、キュウのことがなんだか不憫に見えてくる。

「やっぱりね。そのことだと思った」

「答えは？」

「答えは？」

「取引に応じるわ」

元公爵領の反乱が鎮静化されたあと、精霊側から持ち掛けられてきた取引。

あのときは自分自身のことでいっぱいいっぱいで保留にしたが、冷静になれば断る理由などないことは明らかだった。

現状、人間界での情報が極端に少ない以上、レティシエルやジークがいくらあちこち調べ回っても有益な情報を得るのは難しいだろう。

しかしもっとずっと昔から黒い霧を探っていた精霊なら、レティシエルが知り得ない情報を持っている可能性は高い。

それに、精霊には人間にない魔素探知の能力がある。

未(いま)だに仕組みを解明する足掛かりすら見つけられない、あの謎の力についても別の見解をくれるかもしれない。

「ママの予想通りだわ」

「パパが言ってた通りだ！」

「……？」

「ふん、大人しく頷けば良かったのだ。これだから人間は……キュ」

顔を見合わせて頷き合うティーナとディトに、ようやくティーナの手から解放されたキュウがフスフスと鼻を鳴らす。

どうでもいい話だが、もしあれで威張っているつもりならまったく守護霊獣の威厳はないと思う。

「もしかして、最初から私が受けることがわかっていたの？」

「ええ、このチャンスをお姉ちゃんが逃がすはずはないってママが言ってたわ」

「うん！　お姉さんは賢いから絶対断らないだろうってパパが言ってたよ！」

ティーナは無表情のまま、ディトは満面の笑みで頷き、カバンからキュウを引きずり出すとズイとこっちに差し出してきた。

もしかして、領地のときのようにキュウが映像を映してくれるのだろうか。そう思ってキュウの目を虚空に向けると、予想通り空中に光の幕が映る。

『……ん？　何、これもう映ってる？』

幕の向こうで男性の精霊……ティーナとディトの父親の顔が大アップで映し出された。

『あぁ、映ってるね。こんにちは、人間さん。何日ぶり……なのかな？　ともかく、前回の通信以来かな？』

男性精霊の顔がスッと後ろに下がり、適度な距離感が保たれた。

『これを見てるってことは、予想通り取引に応じる気になったってことかな？　ひとまずお礼を言わせてもらうよ。人間さんはボクらにとって大事な当事者だからね、協力してくれて嬉しいよ』

ニコニコ笑いながら男性精霊は言ったが、すぐに表情を引っ込めてコホンと小さく咳払いをした。

『何から話そうか……とりあえず黒い霧と聖遺物の関係性を話そうかな』

キュウを膝の上に置き、レティシエルも男性精霊の言葉に耳を傾ける。

『君が黒い霧をどういうものだと思っているかは知らないけど、あれはただの霧ではないことはわかってもらいたい』

それはレティシエルも理解している。

『あれは、かつてボクたち精霊が危険なものとして封印したんだ』

「……封印？」

映像を介したやり取りだから、何か話しても向こうに伝わらないのはわかっているが、思わず呟いてしまう。

黒い霧を、精霊が封印？　では結社の人間たちが使っている謎の力は、それとどんな関係が……？

『人間たちはもしかしたらあの霧が無機物だと思っているかもしれないが、あれは生きている。生きて人間を操り、体をむしばむものだ。まぁ、自我があるというより本能のまま従ってるというほうが正しいかな？』

フリードや白髪の兵士たちなどと何度も戦ってきているから、霧が人を操るのはわかっている。

しかしあれが生き物というのはにわかに信じられない。

蛇みたいだと思ったことはあるけれど、レティシエルの知っている『生物』とはずいぶん乖離(かいり)している。

『ただこの頃は聖遺物に由来しない霧の発生も確認されてるんだけどね。君が遭遇してるのって、どっちかというとこっちのパターンのほうが多いんじゃないかな』

確かに思い返せば、今まで幾度となく黒い霧と相まみえてきたが、聖遺物由来の戦いはフリードくらいかもしれない。

課外活動で遭遇した二人組は奇妙な武器を持っていたが、あれは聖遺物ではないと調査で明かされている。

『こっちのパターンは、残念ながら敵側の隠蔽情報が多いせいで全貌は把握しきれていない。君からの情報提供にかかってるから、頼りにしてるよ！』

「はぁ……」

ピースしてくる男性精霊に、レティシエルは気のない相槌(あいづち)を打った。

やろうと思えば精霊側にだって、精密な情報調査くらいは可能なのではないかと思うのだが……。

『何せ聖遺物の封印を解除してる連中は、ボクらを異様なほど警戒してるからね。当然の反応と言えばそうだけど、とにかくこんな段階でボクらの前には絶対に姿を現すことはないんだよ』

「……そうですか」

どうやら事情があって、精霊側が白の結社の人間たちと直接的に接触することは難しいらしい。

『黒い霧を封印してる聖遺物には、上級と下級の二種類がある。基準は簡単、封じられている霧が単体で実体化できるかどうか』

『実体化できるなら、その聖遺物に封じられているものは非常に強力な怪物だ。君はどっちともエンゲージしてると思うよ』

「……！」

実体化した怪物……ロシュフォードが学園で起こした怪物騒動がまさにその条件に当てはまる。

そういえばあのときは魔女殺しの聖剣がえらく話題にされていた。つまりあれは上級聖遺物だったということだろうか。

思い返してみれば、あの剣はロシュフォードが手に取る前から他の遺物とはどこか違っていたような気がする。

鍔以外は刀身も柄も白かった聖剣の見た目が脳裏によみがえる。まるで自らオーラを放っていたような、そんな妙に目を惹き付ける不思議な光沢と波動があった。

『しかも黒い霧による怪物は、通常の攻撃ではダメージを与えることはできない。魔法だろうと魔術だろうとそれは変わらない』

だから君が霧を打ち祓ったときは目を疑ったよ、と映像の中で男性精霊はハハハと笑う。

それならこれまで、レティシエルが黒い霧を撃破できていたのはなんでだろう。

霧を祓うとき、レティシエルはロシュフォードの騒動のときに得た経験をもとに、光と無属性の複合魔術をずっと使い続けてきた。

それが黒い霧を撃退できる唯一の方法なのだろうか……？

『人間界に散らばってる聖遺物のほとんどは下級で、上級は両手で数えられる程度の数しかない。しかしよりによって、近年封印が解かれてるのは上級聖遺物ばかりなんだ』

『解放されている場所も時期もバラバラで、発見次第徹底的に浄化はするけど、なぜそんな回りくどいことをしているのかは不明』

『昔だったら、探究者の一族に要請すれば聖遺物の保管場所もすぐわかるんだけど、この状況では人間たちがかき集めたもの以外捜しようもないからねぇ……』

「探究者の一族!?」

その名前にレティシエルは思わず立ち上がりかけた。

ツバルの実家がこの一族に属していることはかなり昔に聞いている。まさか精霊の口からその名前を聞くことになるとは。

もしかして、ツバルに聖遺物のことを聞いたら何かわかるのでは……。

『といってもあの一族が聖遺物を一括して管理していたのは六百年も前の話だ。それ以降一族は大陸各所に散り散りになって、聖遺物も一緒にあちこちに流れて大半が消息不明になったから、今の一族に聞いても何もわからないと思うよ？』

「……なるほど」

映像だから互いの会話は聞こえていないはずなのに、所々会話が成立しているのがとても奇妙な気分だった。

そもそもなぜレティシエルの思っていることを全部先回って押さえているのだろう……。しかし六百年前というと、確かヴィレッジ子爵家の直系が途絶えた頃だったはず。もしかして関係しているのだろうか。

『あ、それから魔術のことも話しておかないとね』

ふいにポンと思い出したように男性精霊が手を打った。

『君の魔術にボクらが疑問を抱いているのは、純粋に会得した経路がわからないからなんだ。魔術はすでに人間界のすべての記録から存在を消去されてる。魔術を使いこなせるほどの知識の持ち主は、五百年か四百年くらい前に絶えているはずだからね』

「……？」

『だから今の時代で、君が他人から魔術を教わることは不可能なんだ。君自身にそれより前の記憶があったりしない限り』

『あ、別にそれを聞き出すつもりは今のとこないよ？　現状一連の事件とはつながりが見られないからね』

もしや精霊はレティシエルが前世の記憶持ちであることをある程度察しているのではないか、と思ったが、今聞く気がないのなら黙っておこう。

『魔術が滅亡したこと自体は、ボクらにとってさほど重要なことではないんだが……まぁ、君は知っといていいんじゃないかな。あれはだいたい六百年くらい前の話だったよ』

また、六百年前……その時代にいろいろ出来事が集中しすぎではないだろうか。

『辺境の都市が一つ丸ごと消し飛ぶっていう大惨事が起きたんだ。人間側の調査では、原因はそのとき街に滞在していた魔術師の集団が、たまたま一斉に魔術を暴走させたってことにされた』

都市……というとそれなりの規模がある街だったのだろう。

「……暴走？　一斉に？」

その言い分に引っ掛かりを覚える。

千年前には日夜魔術の研究に励み、戦いでも魔術を使い続けてきたレティシエルには違和感だった。

魔術は確かに暴走することもある。特に魔力が極端に少ない人であれば、制御が甘いと術を誤爆させてしまう。

しかしそれは都市を丸ごと吹き飛ばせる威力にはなり得ない。せいぜい小屋が一つ壊れるくらいだ。

魔力無しが何十人も集まれば可能かもしれないが、魔力無しはその存在自体が希少で、そもそも人数がまずそろえられない。

それに一斉に暴走したというのも腑に落ちない。

魔力の差によって魔術制御の難しさは変わるし、全員が同時に暴走するのは物理的に不可能のはずである。

『あれ以降ボクらはほとんど人間界に出向かなくなったから詳しい経緯は知らないけど、その事件をきっかけに人間は魔術が危険なものだと判断した』

『どこだっけな……？　確かドランザールって国が率先して弾圧を開始したんだったかな？　吹っ飛んだのが多分その国の都市だったから』

『それで追随するみたいに大陸全域で大規模な魔術狩りが行われ、やがて魔術師も魔術の知識そのものも滅されたわけ』

なるほど、だから爆発事故から魔術の知識が完全に途絶えるまで百年ほど時間が空いたのか……。

大陸暦の導入を提案し、イーリス帝国の前身となったドランザール帝国。

千年戦争時には二大国家の一つとして猛威を振るい、魔術研究も盛んだったはずの国が、魔術滅亡に一役買った理由はそれだったのか。

『とりあえず大体のことは話したかな？　またそのうち霊獣を送り込むと思うけど、それまでに君のほうで新しい発見とかがあることを祈ってるよ』

それじゃあね～、と映像の中で男性精霊は手を振り、そこで映像は終了した。

「……これ、現時点で私から返せる情報なんてある？」

ついつい口からそんな疑問が出てしまった。

今の情報のおかげで、断片的だった手掛かりが一気につながったのは嬉しいのだが、これと同等の価値のある情報を返せる自信はまったくない。

強いて言うならレティシエルの魔術に関する知識は千年前のもの、ということくらいだが、現在そのことに関して聞き出すつもりはないと言われている。

「ない、キュ」

「あっさり頷くのね」

「当たり前だ、キュ。何も情報を持っていないから我らが情報を提供しているんだろう、キュ」

「いや、それはありがたいけど、受け取る一方では取引にならないじゃない」

「誰も今すぐにそんなことは期待しておるわけがなかろう、キュ」

「まずは必要な情報を共有することが重要だって、ママが言ってたわ」

「それから新しい可能性を抽出するのが大事だって、パパが言ってた！」

「なるほどね」

つまり精霊から提供された情報と、レティシエルが把握している情報が合わさることで、新しい手掛かりが掘り出されることを期待しているらしい。

そう言われてしまえば、確かに人間界に常在しているレティシエルのほうが、黒い霧についても一番間近に触れられる。

あとでこれまでの手掛かりも踏まえて、もう一度情報を整理しなくては……。

「……そういえば」

「「？」」

「二人は前に、精霊の種族は七つしかないと言っていたよね？」

「そうよ」

「そうだよ！」

「どうして七つになったの？　なくなったのは闇の種族だとは聞いたけど、彼らは何をしてしまったの？」

精霊の種族については、ずいぶん前に二人から聞いてずっと気になっていた。

レティシエルが生きていた千年前には、確かに精霊の種族は属性の数と同じく八つ存在していた。

そして闇の精霊たちが追放されたことでそうなったことも聞いたが、その根本的な理由についてはまだ聞いたことがない。

「……裏切り？」

「多分、裏切り？」

コテンと首をかしげながら双子は答える。以前闇の精霊のことを教えてくれた時と、まったく同じ回答だ。

「どうして闇の精霊が裏切ったのか、知ってる？」

「わかんない」

「よくわかんない！」

そう言って双子の精霊王はブンブンと首を横に振った。

追放されたことは教えられていても、その理由までは二人も聞かされていないらしい。

「……我が話してやる、キュ」

そこで口を開いたのは、意外なことに守護霊獣のキュウだった。

驚いてレティシエルがキョトンとしてしまうと、目ざとくそれを見つけたキュウは不機嫌そうに背中の毛を逆立てた。

嫌そうにそう言うが、念を押してくるあたりレティシエルが嫌いというわけではなさそうだ。

「……………長老様から許可はもらっている。好きでやっているわけではないからな、キュ」

「いや、キュウは人間に情報を漏らすことを是としないと思ってたから」

「……おい、人間、なんだその反応は……キュ」

「闇の精霊が、精霊界から追放されたのはさほど昔のことではない、キュ」

「そうなの？」

「うむ。追放されてから、まだ四百年と少ししか経っていないのだからな、キュ」

「あら……」

思っていたより最近の出来事で、レティシエルは思わず目をパチクリさせる。いや、人間であるこちらからしてみれば、かなり昔のことなのだが。

「追放された理由を聞いてもいい？」

「強大な力を持った闇の精霊が、精霊界に対して反旗を翻したからだ、キュ」

「千年の間に、精霊界でそんなことが……」

それからキュウは詳しい経緯を簡潔に話してくれた。

四百年ほど前に、闇の精霊が一人、里から出奔したという。

彼はかなり強い力の持ち主で、精霊側でも必死に捜索が続けられたが、なかなか捕まえられない。

　しかし出奔から十年ほどして、その精霊は唐突に里に戻ってきた。闇の精霊が暮らす東の里ではなく、なぜか水と土の精霊が暮らす南の里に。

　そしてまるで何かに操られるように突然精霊を殺し始めた。

　なまじ強大な力の持ち主だからこそ、彼を倒すことは容易ではなく、その間にも被害は拡大し続け、特に水と土の精霊の被害が甚大だったという。

「各種族の精霊王は各々の能力を合わせ、この国の北にある山で三日三晩の死闘を繰り広げ、ようやくそやつを葬り去ったのだ、キュ」

「……なるほど。何がその精霊をそこまで駆り立てたのかしら？」

「人間だ、キュ」

「人間？」

「あの精霊は里を出たあと、人間界で出会った女に心を許していたことが後の調査で明らかになっている、キュ。その女とあやつがどんな間柄かは知らんが、あれの死後に女は子を生んでいるからな、キュ」

「……」

　つまりその精霊と女性は、そういう関係だったということだろうか。

　そういえば以前ティーナとディトの両親が屋敷に乗り込んできたとき、人間と仲良くする二人に、あの裏切り者の二の舞……とかなんとか言っていた。

あのときの『裏切り者』とは、かつて人間にほだされて精霊界を裏切った闇の精霊のことだったのか。

それならティーナたちの両親が神経質になっていた理由も理解できる。精霊にとって四百年というのは、人間でいう四十年程度だ。

そんな短い間に、同じように精霊王……強力な精霊が人間に懐くような事態が起きた。

しかも今度は精神的にも未熟な幼子だから、きっと精霊たちもいつも以上に警戒しただろう。

「……そう思うと精霊側はよく私を信用する気になったわね」

「ふん、人間など信用なんてしていない。利用価値があると長老様が判断したからにすぎん、キュ」

「きっとそうね」

話の合間になんとなくティーナたちのほうを見てみると、どうやら話題がつまらなかったらしく、すでに二人そろってソファーに丸まって寝ていた。

このままだと風邪を引くので……精霊に風邪を引くという概念があるのかわからないが、とりあえずブランケットをかけてあげる。

(……ん？　でもこの話、あの童話に似てないかしら……？)

先日ツバルに見せてもらった、聖ルクレツィアが主役として据えられているあの童話が脳裏をよぎった。

童話の中では天使という設定だったが、翼を持ち人間と寿命が違うのは精霊にだって当てはまる。

（……聖ルクレツィアが、闇の精霊と何か関係していた……？　いや、さすがにそれは飛躍しすぎかな）

一瞬離れかけた思考を引き戻す。話に類似性があるだけで同じだと決めつけるのは、あまりに短絡的すぎる。

「それで話を戻すけど、その戦いが原因で闇の精霊は追放されたのかしら？」

「む……それだけで種族ごと追放するわけないであろう、キュ。あれは種族ぐるみで精霊界を裏切ったんだ、キュ」

「種族ぐるみ……？」

「あの男の帰還と同時に、それまで何事もなかった闇の精霊が、全員人が変わったように他種族の精霊に牙を剝（む）いたのだ、キュ」

闇の精霊たちはもともと火の精霊が暮らす東の里に身を寄せており、遠巻きにされていたこともあって静かな種族であった。

しかし件（くだん）の裏切り精霊が舞い戻ってから、遠く離れた東の里にいた彼らはこれまでの大人しさと打って変わって狂暴化した。

同居していた火の精霊たちに片っ端から襲いかかり、里に火をつけるなど、まるで何かに操られたように残虐の限りを尽くしたという。

「その襲撃のせいで火の精霊は壊滅的なダメージを受けた、キュ。それが闇の精霊の追放と、あやつの抹殺の決定打になったのだ、キュ」

「……それは、精霊王が裏切ったせいなの？」

「何を言っているのだ、人間。闇精霊には王はいないぞ、キュ」

「……？　そうなの？」

強大な力を持った精霊、なんて言うから勝手に精霊王なのだと思っていたのだが、必ずしも両者がイコールとは限らないらしい。

「そもそも闇の精霊という種族は特殊な存在だ、キュ。最初から存在していた他の種族と違って唯一後世になって精霊として認められた種族だ、キュ」

「そうだったの……それは全然知らなかったわ。てっきり他の種族と同じなのだと思ってたわ」

「そんなわけがなかろうキュッ！　そもそもアレは、精霊王を永久に定めないことを条件に精霊界に認められた種族なのだからな、キュ」

「精霊王を定めない……？　それはまたどうして？」

「言ったであろう、特殊な種族だと、キュ。闇の精霊は生殖による繁殖をしない種族なのだ、キュ」

「生殖による繁殖……ちょっと待って？　それじゃあ種族として存在し得ないんじゃないかしら？」

動物らしい言い方をしているが、つまりそれは子作りによって子孫を残しているわけではないということ。

精霊にだって寿命があるし、闇の精霊は少なくとも千年よりももっと前から存在している。それでは精霊の数は減る一方ではないか。

「我の中に詳しい情報は記録されてないが、闇の精霊は常に１０９人だったらしい、キュ」

「……？　そうなんだ？」

「あやつらの生態は我の中にも記録されていないが、一人が死ねば同時刻に新たな一人が誕生する……つまり永久に１０９人なのだ、キュ。そうやって輪廻(りんね)で魂を引き継ぎながら闇の精霊は回っているのだと聞く、キュ」

「……」

輪廻、という言葉にピクリとレティシエルの眉が動く。

ずっと、なぜレティシエルだけが千年も跨(また)いだ先の世界に転生などしてきたのかが不思議だった。

魂を引き継いで生まれ変わる闇の精霊。それはまるっきりレティシエルの今の状況に当てはまる気がする。

（……私が転生していることと、何か関係しているのかしら？）

千年前に乱立していた、輪廻転生を信仰に捧げていた新興宗教たちが眉唾物だったように、転生はおとぎ話の中でしか存在しない空想の産物だった。

にもかかわらずレティシエルはここにいる。転生を起こす魔術など当然存在していないし、何か他に理由があるのではないか。

しかし、いったい誰がどうやって、なんのために？

「我からの話は以上だ、キュ」

「聞けて良かったわ。ありがとう、キュウ。ティーナたちのご両親にもお礼を伝えておいてもらえるかしら」

「ふん、仕方ないから伝えておいてやる、キュ」

「あ、もう帰るのならティーナたち起こさないと……」

これだけ話し込んでいてもまったく起きる気配がなかった双子の精霊王だが、クッキーを鼻のところに持っていくと、匂いに釣られてすぐに起きた。

「はい、これ残りのクッキー包んでおいたから、持って帰って良いわよ」

「嬉しいわ、ありがとう」

「やったー！　ありがとー！」

こうしてキュウをカバンに詰め直し、ティーナとディトは手をつないでまた窓から飛び去っていった。

「……」

それを見送るレティシエルは複雑な心境である。

黒い霧と聖遺物の関係や、魔術滅亡の経緯。精霊から伝えられた情報で、これまで断片的に得てきた手掛かりが一気につながってきた。

しかし一方で黒い霧と謎の力の関係性や、そもそも黒い霧の正体はなんなのかなど、さらに別の疑問も浮上してきた。

「……この話、どこまで広がるのかしら？」

一つがまとまっても、また他の場所でほころびが出る。

ここまで来た以上引き返すつもりはないけど、深淵（しんえん）に沈み込んでいくような気になる。

それと霧とは別件で、一つ気になることもあった。

精霊側から提供された情報には答えはないし、そこまで重要なことではないのかもしれないが、純粋に個人的な疑問だ。

闇の精霊たちは裏切りを機に、粛清ではなく精霊界を追放された。

なら精霊界を裏切った彼らは、姿を消した後どこでどうしているのだろう……？

＊＊＊

翌日、朝早くに起床したレティシエルは、食事を済ませると王都へと出かけていった。

目的はニルヴァーン王立図書館だ。昨日精霊たちから聞いた情報を、人間界の資料で裏付けできるか確かめようと思っている。

ニコルが一緒に行こうとしてくれたが、彼女は屋敷の家事などに忙しいし、迷惑をかけたくないので断った。

早朝でまだ利用者もそんなに多くない王立図書館に入ると、レティシエルはとりあえず歴史系の書物が集められた棚に向かう。

一応、全書閲覧権利証明証は持ってきているからいざとなれば秘書庫にも入れるが、ひとまずは一般の書物から当たったほうが良いだろう。

背表紙に書かれたタイトルを読みつつ、調べる本を吟味していく。

まずは王国歴史の大雑把な年表から調べて、何かとっかかりが見つかったら詳しく掘り下げていくようにしよう。

というわけで目的の年が書かれていそうな年表本を数冊棚から抜き取り、閲覧席で適当な椅子を確保する。

今日は館内にそこまで利用者はいなかった。同じ休日でもジークと来たときはかなり混んでいたが、どうも日によるらしい。

「……あ」

王国年表を見ていたとき、四百年前の欄でレティシエルは手を止めた。箇条書きされている出来事の中で、一番下の二行に書いてあったことが気になったのだ。

［プラティナ王国北部の山に大規模な落雷があった］

［スフィリア地方が新たに確立された］

人間との関わりを切った精霊側の事情が、人間の国々で事実の通りに伝わることはないだろう。

「あの、すみません」

「はい、なんでしょう？」

「調べ物をしているのですが、三百年から四百年前のことが詳しく書かれている資料はありますか？」

近くで書架整理をしていた館員を摑まえてレティシエルは質問する。

話を聞いた館員の女性はレティシエルを二階に案内してくれて、一番窓際にある本棚を指差す。

「三百から四百年ほど前の歴史でしたら、あちらのゾーンに書物がまとめられています」

「ありがとうございます」

女性に礼を言って、レティシエルは早速目当ての本を探し始める。

同時期に国内でそれだけ大きな出来事はなかったし、資料は少ないかと思っていたが、四百年前の資料は思いのほか多かった。

それだけ例の大災害が重大な事件だったということだろうか。

ひとまず、秘書庫にわざわざ行かなくても良さそうだ。

適当に数冊を棚から取り、近くに置かれているソファーに座ってレティシエルは本を開く。

曰（いわ）く、四百年前の大陸暦６００年、プラティナ王国北部にあるボレアリス山脈……。

今のラピスとの国境線付近であり、元公爵領が隣接していた山脈の西の端で大規模な山崩れが起きた。

時刻は深夜、周辺地域で局地的に記録的な大雨が降り、さらに暴風から落雷まで、一夜にして村が十数個も壊滅したほどの大災害だったという。

そして日の出のあとにこの異常気象は唐突に去り、かつて小高い山があった場所は半分以上に高さが削れてしまっていた。

（……どう考えても自然に起きることじゃないと思うのだけど）

しかし歴史書の中で、異常気象による落雷だと大真面目に書いてあるあたり、多分人間界ではこの説が信じられているのだろうと思う。

確かにその頃には精霊の存在は、すでにおとぎ話の中でしか語られない伝説の生き物だっただろうし、自然のせいにでもしないととても説明できなかったのだろう。

例の闇の精霊が葬られた場所も王国の北にある山だったと、キュウは言っていた。

時期もちょうど一致するし、この落雷による山崩れとして伝えられている出来事は、おそらく闇の精霊との最終決戦のことだ。

「……」

それは良いのだが、レティシエルはどちらかというとそのさらに下にある説明のほうが気になった。

（……スフィリア地方って、その跡地にできたのね）

山崩れの記述には続きがある。落雷により本来の標高のおよそ半分まで高さを削られた小さい山だが、削れたからこそ断面に広い平地が生まれた。

もともと山自体がプラティナ王国の所有だったため、その平地もまた王国領として併合された。

それがスフィリア地方である。

（精霊王に匹敵する強大な精霊を葬った地、か……）

十一年前のスフィリア戦争で、なぜラピス國（こく）はさほど豊かでもないスフィリア地方を狙い、その一地方を得ただけであっさり兵を引いたのか。

強大な精霊の死によってできた地方であると知った今なら、ラピス國のその行動にもなんとなく納得できる気がする。

ただ、それならスフィリア地方にはどんな隠された魅力があるのだろう?

仮に闇の精霊の遺骸が埋葬されている……としたらそれだけ掘り起こせばいいし、わざわざ地方全体を手中に収める必要はない。

「……ふぅ」

着地点が見えない思考をレティシエルはいったん切り上げた。

何か重要な理由はあるのだろうが、それを推測するにはまだ圧倒的に手掛かりが不足している。

情報はかなりそろってきているが、まだまだわからないことも多いなと、思わずため息を漏らす。

ついでに六百年前の年表も調べてみることにした。

ヴィレッジ家の断絶やら魔術滅亡やら、把握しているだけでも三つほどの事件が集中している。

調べておいて損はないだろう。

[リズラ王国戦線に参加]

［ドランザール帝国辺境・カルマの街が消滅］

［世界規模による悪魔狩りが展開される］

六百年前……大陸暦４００年代の年表欄にはそんなことが書いてある。

後者二つは、前に精霊が語ってくれた魔術滅亡の経緯と一致しているので驚きはない。

（……戦争があったんだ）

それはレティシエルが知らなかった情報だった。

他の本にも手を出して読んだところ、どうもこのリズラ王国というのは当時ボレアリス山脈の向こう側で建国されていた新興国だったらしい。

大陸暦４００年代では、山脈の向こうはまだ群雄割拠状態で、その中の一国だったとか。

リズラ王国戦線というのも、リズラ王国がドランザール帝国に仕掛けた北部戦争で、プラティナ王国は終盤になって帝国と同盟を組んで飛び込み参戦した。

それまでは大陸北部の混乱に乗じて、南部で着実に領地を獲得して国力を増強させていたという。

（ここでも戦争が裏で関わっていたのね……）

つまりプラティナ王国の今の国土は、そのときに完成したものなのだ。

いつの時代でも戦争が必ず存在していたという事実に、レティシエルは苦々しい思いを抱くのだった。

＊＊＊

「…………」

「お嬢様？　どうされました？」

「ん？　あぁ、なんでもないから気にしないで」

ボーッと天井を見上げているレティシエルに、ニコルは不思議そうな顔をしている。

そしてニコルが不思議がる理由についても自覚している。屋敷に戻って以降、ふとした瞬間にレティシエルはボーッとしてしまうことがあった。

領地でドロッセルの記憶を思い出したことが、何かのきっかけになったのだと思う。この頃、屋敷のあちこちを見てもずっとモヤモヤした感じが付きまとう。

「ふぅ……」

おかげで慢性的な睡眠不足が続いている。

心なしか体も重いような気がして、軽く肩を回しながらレティシエルは思わずため息を漏らしていた。

「もしかしてお疲れですか？　でしたら疲労回復のハーブティーをお淹れしますよ？」

「そうね……お願いしようかしら」

「わかりました、すぐご用意いたしますね！」

パタパタとニコルが部屋から飛び出していき、レティシエルは再びぼんやり天井を見上げた。

多分、レティシエルの中でドロッセルの意識が大きくなったからだろう。屋敷も家具も何一つ変わっていないはずなのに、すべてが知らないもののように見える。

どこを見ても、何か忘れていると訴えてくるような錯覚に陥る。無論、忘れている記憶のほうが多いのは否定できないが。

「……」

天井からテーブルに視線を落とすと、かつて見つけたドロッセルの日記帳が置いてある。

日記に挟んであるアレクちゃん……アレクシアからの手紙を取り出し、なんとなくじっと見てみるも、特に何も思い出せそうな気配はなかった。

先日は精霊側から情報を得ることもできて、この世界の陰に潜んでいる存在には確実に近づいているのに……。

自分自身のことに一番手を焼いているというのは心中複雑だ。

「あ、あの、お嬢様……」

ドアが小さく開いたかと思えば、ニコルがなぜか戻ってきた。

先ほどお茶を準備すると言って出ていったばかりなのだが、忘れ物でもしたのだろうか。

「ニコル？　どうしたの？」

「えっと、お嬢様にお客様がいらしているのですが……」

「客？　わかったわ、ラウンジにお通しして」

「えっ、あ、それが……」

お茶を濁すニコル。しきりに後ろのほうを気にしている。

背後……部屋の外に誰かいるらしい。

「ごめんね～、上がらせてもらったよ」

「あら？」

ドアの隙間から、誰かが手を出してヒラヒラと振った。

姿を見ずとも、声だけで来訪者が誰かはわかった。第三王子エーデルハルトだ。

急いで立ち上がるとレティシエルは彼を出迎えに行く。ニコルはペコリと頭を下げ、今度こそお茶の支度をしに階段を駆け下りていった。

「メイさんも一緒なんですね」

「あぁ。今日はアーちゃんいないし、面倒見るついでに連れてきたんだ。ほらメイ、挨拶」

「……………こんにちは」

半分ほどエーデルハルトの後ろに隠れながらも、メイはぺこりと小さくお辞儀をした。

エーデルハルトの胸くらいまでの身長しかないせいか、並んでいると兄と妹みたい……

と思うのは不躾だろうか。

「私に何か御用ですか？」

「もちろん！　領地でわかったことを共有しておきたいと思ってね」

「！」

　ハッと息を呑み、レティシエルはすぐに二人を部屋に招き入れる。

　ニコルは急いで追加のカップを二つ準備し、お茶の用意をしてからいそいそと退出していった。

「結論から言えば、白の結社の連中は確かに公爵領に潜伏してはいたが、反乱が起きる前には痕跡もろとも引き上げていた」

　ティーカップを持ち上げながら、エーデルハルトは話を切り出した。

「根城に使われてたのは公爵領に本部が置かれている聖レティシエル教会だ」

「教会……そんな場所に出入りして目立たないのかしら？」

「伝説を信仰するあの教会には修道士が大勢いる。多すぎて名簿では把握しきれてなかったし、修道士の証であるロザリオがあれば堂々と出入りできたんだ。つまりロザリオさえ偽造できれば格好の隠れ家になり得たわけ」

　そういえばあの男たちも修道士を名乗っていた。なるほど、そういう理由だったか。

「それと例の修道士様たち、なんも知らない民衆からはたいそう人気だったらしい」

「人気、ですか……」

「正確には修道士様というより、一緒にくっついてる小さい修道女のほう。噂では怪我とか病気とかを治せる奇蹟の御業の持ち主で、『聖女レティシエル』様なんだとさ」

「レ、レティ……」

　またここでも自分と同じ名前が出てきた。聖レティシエルだけでも困惑ものなのに、聖女レティシエルなんていったい何者？

「あの修道士様たちが姿を消したのと同時に、その聖女様とやらも行方をくらませてる。結社の一味である可能性は高いだろう」

「……」

「公爵領の風習に溶け込みやすくするためかもしれないが、なんで結社が聖レティシエル伝説に便乗するみたいに、聖女なんてそれっぽい存在を出してきたのかは謎だけどな」

　それからレティシエルは、白の結社についてエーデルハルトにいろいろ聞かされた。

　かの結社が十三年前から人々に目撃されていることとか、発祥はラピスであること、幹部は三人のみと意外に少ないことなど、情報の種類はいろいろだ。

「俺はもうちょっとラピス國のことを調べるつもりだ。現状ラピスの情報だけごっそり抜けてるもんだから、裏付けするにもできないからさ」

「でも、鎖国してるんですよね？　そんな簡単に情報なんて得られるんですか？」

「できないんじゃない、やるんだよ。どのみちこのままじっとしてたって何も変わんないだろ?」

「それはそうですね」

レティシエルは頷く。エーデルハルトのその前向きな考えが、レティシエルは嫌いではなかった。

「それと教会に殴り込んだついでに聖レティシエル伝説のことも調べておいた」

「……殴り込んだんですか?」

「言葉の綾だよ、真に受けないでくれって。強制捜査は敢行したけど」

「強制捜査……」

一瞬、教会のドアを豪快に蹴り開けて突入するエーデルハルトの図が脳裏に浮かんだ。なんとなく、あり得そうなシチュエーションだと思ってしまった。彼、神とか聖人とか信じていなさそうだし。

「聖レティシエルはボレアリス山脈の麓のあの一帯でのみ信仰されていた聖人だ。聖レティシエル伝説については知ってるんだっけ?」

「現地の人からある程度は聞きましたけど」

領地でレーグから聞いた話を脳内に並べてみる。

大陸暦が導入されてまだ間もない頃……つまり千年ほど前に生きていたと伝えられてい

る女性。

アストレア大陸戦争の直後で痩せて貧しさを極め、伝染病が蔓延していたあの地で、満足な治療を受けられない人々を無償で治療し続けた人。

最後には人々と同じ伝染病を患って命を落とし、死後その遺灰はボレアリス山脈の頂上から撒かれたという。

そんな聖レティシエルが旅して治療を行っていた名残から、聖レティシエル教会では今も修道士による巡礼が盛んだとも聞いた。

「なるほど、そこまで知ってるのなら俺から今更話すこともなさそうだな」

それをエーデルハルトに伝えると、彼はうんうんと頷いてそう言った。さほど驚いているわけではないようだ。

「他にも何か聖レティシエルについて情報が？」

「いや、君が知ってるのが聖レティシエル伝説のすべてだよ」

静かに首を横に振るエーデルハルトだが、その直後に彼の目が鋭くなる。

「ただ一部で妙な噂が流れていた」

「妙な噂？」

「噂というより、別口で伝わってる話って感じだったが」

別口というと、つまり聖レティシエル伝説以外に他の伝説で語られている聖人像があるということだろうか。

「魔女レティシエル、という話を聞いたんだ」

「魔女？」

「そう、魔女」

「……聖人信仰とはまるで逆な名称ですね」

「本当に何もかも正反対なんだよ」

そう言ってエーデルハルトは困惑したようななんとも言えない表情を浮かべた。

「その語りの中では、レティシエルという名の女性が千年前に生きていたというところまでは同じなんだが、そのあとの内容がまったく違う」

「正反対……というと、悪人ということでしょうか？」

「そうだ。大量虐殺をする諸悪の根源だった」

「……」

レティシエルはムッと思わず眉間にシワが寄ってしまう。

名前が同じだけの他人だとはわかっていても、まるで自分が殺人鬼のように言われている感じがして苦々しい気持ちになる。

「伝えられていたのは、領内でもボレアリス山脈の中に食い込んだ寂れた農村の一か所だけだった」

「どうして、その村だけなのでしょう？」

「そこまではっきりしないが、村の長に話を聞いてみたら、どうもその村を興した人たちは亡命者だったらしい」

「亡命？　どこから？」

「ラピスの方角だ。ボレアリス山脈を越えてきたらしい」

あともう少し息を呑み込むのが遅かったら、きっとレティシエルは叫んでしまっていただろう。

「ラピスからの……？　しかし、鎖国中のあの国では亡命など……」

「多分亡命した当時、ボレアリス山脈の向こう側はラピス國ではなかったはずだ」

疑問を隠せないレティシエルだが、エーデルハルトは冷静に一つ一つの情報を提示していってくれる。

「ラピス國が建国されたのは五百年前、鎖国をして国を閉じるようになったのは百年くらい前からだ」

「意外と、最近なんですね……」

「そうなんだよ。だから千年前当時はボレアリス山脈を越えることは別に不可能なことではなかったのさ」

「なるほど」

亡命とラピス國の軽い歴史については理解したが、なぜ一人の人物を巡ってこうも正反対の解釈が出るのだろう。

山のこちら側では聖人、あちら側では魔女。

聖レティシエルとして語られていた女性はいったい何者だったのか。

「……」

「……？」

何げなく顔を上げてみると、メイがテーブルの上に置きっぱなしの日記に釘付けになっているのに気づいた。

（……いや、むしろ手紙のほうを見てる？）

日記というより、そのすぐ横に寄せて置いてある手紙を食い入るように見ていた。何か気になることでもあるのだろうか。

「メイさん？」

「……！」

思わず小声で声をかけると、メイは驚いたようにぴょこんと震え、小さく首をかしげてからフルフルと首を横に振った。

……今の質問でこの動きはどういう意味なのだろう。全然解読できない。

考え事に夢中になっているせいか、小声で話しているレティシエルにエーデルハルトは気づいていない様子だ。

「これが気になりますか？」

「……？」

二人の座っている場所からは、籠と花瓶に隠れて微妙に手紙が見えていないので、確認のため指差してみる。

するとどうしてか今度はなぜか不思議そうに首を傾げられた。いや、そこで首を傾げられても……。

「……ん？　メイがどうかした？」

そこでようやく現実世界に帰還してきたエーデルハルトが、お互いに首をかしげ合っているレティシエルとメイを交互に見てきた。

「いえ、気になるものがあるようで？」

「……なんで疑問形なんだ？」

若干呆れたように苦笑いを浮かべたエーデルハルトだが、日記と一緒に置いてある手紙を見つけると小さく息を呑んだ。

「……懐かしい。まだ取っておいてたんだ」

見てもいいかとエーデルハルトが聞いてきたので、籠をどかしてどうぞとレティシエルは頷いた。

レティシエルが許可を出すと、アレクシアからの手紙をまるで割れ物を扱うように大事に拾い上げた。

「手紙のこと、ご存じだったんですか？」

「知ってるも何も、手紙の文面を考えるのはいつも俺の仕事だったぞ」

「あら」

「書きたいことがありすぎて絞れないからって、いつも紙とペン持って俺の部屋まで転がり込んできてた」

「……ふふ」

その光景は簡単に想像できて、レティシエルは微笑んだ。二人はきっと仲の良い兄妹だったのだろう。

「……」

気持ちに影が差した。その幸せを奪ったのが自分だと思うと、目の前にいるエーデルハルトをまともに見られなかった。

炎に巻かれながら、アレクシアは何を考えていただろう。もっと生きていたかったという切望か、ドロッセルへの恨みなのか……。

子どもといえば、別荘跡地で見かけた小柄なローブ姿の人物も、背丈から推測して子どもと括って良さそうな年齢だったように思う。

跡地で会ったあの子といい、前にルーカスがスフィリア戦争時に見たという謎の子どもといい、ところどころ子どもの影がちらつくのはなぜなのだろう。

「……あの子はなんだったんだろう？」

エーデルハルトがこちらを見た。心の中で思っていたつもりが、どうやら口に出てしまっていたらしい。

「あの子って？」

「あぁ……話していませんでしたね。別荘跡地に子どもがいたんです」

「子ども？」

「殿下が来られる前、私は白ローブの修道士の男と戦っていたんですけど、その横にずっと立っていて……」

そのときの光景を思い出すだけで、レティシエルの表情は徐々にこわばっていった。

「……霧を、吸っていました」

「霧を……？」

「あと、首にネックレスをつけていました。赤いスクエアカットの宝石がつけられていました。覚えているのは、そのくらいかと」

「……」

「殿下？」

「ん？　あぁ、いや、ちょっと思い当たることがあってな」

「？」

「まぁまぁ、明日(あした)か明後日(あさって)あたりにはドロッセルもお目にかかれるよ」

話の展開が見えなくてレティシエルは首をかしげる。彼は今の話のどのあたりに思い当たりがあったのだろう。

「ともかく、その人物についちゃ確かに気がかりだな……」

「……もしかして、先ほど殿下がおっしゃっていた『聖女レティシエル』でしょうか？」

「『聖女レティシエル』は小柄な人物として知られていた。可能性はあるな」

「何か特別な能力でもあるのでしょうか？」

「あるいは特殊な体質とか……」

「体質？」

「吸い込んだ霧をそのまま体外に排出できるとか？」

「あぁ……」

そんな都合のいい体質の持ち主が実際にいるかどうかはさておき、その例えには納得がいった。

例の霧を普通に吸い込んだレティシエルは体調を崩したのだから、おそらく人体に無害なものではない。

それをあれだけ勢いよく吸収して立っていられるというのだから、確かにあの子どもに特殊能力でもあるのかと考えたくもなる。

「なんにせよ、なんの根拠もない想像だけどな！」

「そうですね」

ニコルの淹れてくれたお茶はすでにぬるくなってしまっている。

ソーサーごと持ち上げはしたが、カップの取っ手をつかみ損ねて危うくカップを落とすところだった。

「おっと……」

すんでのところで食い止め、ホッと一息つきながらハーブティーを口に含む。爽やかな香りが鼻を通り抜けていった。

「……」

「……？　殿下？」

ふとエーデルハルトが心配そうにこちらの顔をのぞき込んでいることに気づき、レティシエルはカップをソーサーに戻す。

「大丈夫？」

「え？　何がですか？」

「いや、顔色が悪そうに見えたんだが」

公爵領の一連の出来事が落ち着いて、日常もおおむね元通りになったと思うが、一つだけ気がかりなことがあった。

それは領地から戻って以来、ルヴィクの態度がずっとおかしいことだった。

『もちろんこれからもお嬢様にお仕えしますよ！』

『今更他の職場に行けるわけないじゃないですか。お嬢様についていきますよ』

『……すべてはお嬢様の仰せのままに』

レティシエルが貴族じゃなくなったとき、ただの平民になっても仕えてくれるのかと、ニコルとクラウドは、まったく迷う様子もなく首を縦に振った。

裁判が終わったあと使用人たちに聞いたことがある。

しかし、ルヴィクだけは違った。

以前は当たり前のようにレティシエルのそばにいて、お茶とか話し相手とかいろいろと世話を焼いてくれていた。

でも今は顔を合わせただけで、彼はすぐにその場を立ち去ろうとする。

どうしても回避できないときは、こちらが話しかければ会話にも応じてくれるが、目に見えて口数は少ない。

思えば軍のテントで目覚めた時から少し様子が変だった気がする。ニコルの村で別れてから再会までの間、何かあったのは間違いない。

何度聞いても、頑（かたく）なにその理由を教えてはくれないが……。

「なんでもないので気にしないでください。少し疲れているだけですから」

「……？　そうか？」

首を横に振り、レティシエルが微笑んで見せると、エーデルハルトは不思議そうな顔をしつつもそれ以上は聞いてこなかった。

「じゃあ、俺たちはもう帰るよ。これ以上長居するのも申し訳ないしね」

「では玄関までお送りします」

「いいよいいよ、ドロッセルは休んでなって」

腰を上げかけたレティシエルの肩に手を乗せ、エーデルハルトはレティシエルを再びソファーに座らせた。

「顔色良くないんだから無理に見送りなんかしなくていい」

「はぁ」

「そうだな……確か母上がよく飲んでる疲労回復の薬茶があるから、今度届けさせるよ」

「え？　そこまでしていただかずとも……」

「いやいや、疲労は万病のもとだよ？　たかが疲労だと軽んじて、もしなんか病気でもあったらどうすんだ。それに疲れてるとそれだけで思考力や行動力が衰えるし、日常生活にも影響する場合があるんだからしっかり治すべきなんだよ。わかる？」

「は、はい」

真剣な表情で釘を刺してくるエーデルハルトに、思わず頷いてしまった。

それからエーデルハルトによる、疲労感を取り除くのに有効な茶葉とか、疲労に効くツボやストレッチとか、食生活の改善案などのアドバイスの講義が始まった。

エーデルハルトの勢いに半分呑まれつつ、レティシエルは口を挟む間もなくコクコクと頷いて話を聞き続けることしかできなかった。

そんなこんなで、席を立ってから三十分後くらいにエーデルハルトはようやく帰っていった。

この小講義だけで、彼は予定していたよりもずいぶん長居しているのだが……本人には言わないでおいた。

「……殿下って、世話焼きなのかな……？」

さっきいただいた実用性の高そうなアドバイスは、生活能力がさほどないレティシエルとしては目から鱗だったりする。

特にツボとかストレッチとかは気軽に試せるし、今日から少しやってみようかな……。

母君である第三妃ソフィーリアや、メイの面倒を見ているから身についた知恵なのだろうか？　それとも旅先で学んだ心得なのか？

エーデルハルトが去っていったあとの部屋で、レティシエルはついつい真剣に考え込んでしまった。

閑章　名を授けし君

『ねえ、こんなところでどうしたの？』

ひどい土砂降りだった。

申し訳程度についている頭上の雨よけ屋根はまったく機能していなくて、彼の体はびしょ濡れだった。

どのくらいここにいるのだろう。

指先の感覚がもうほとんどない。寒さを通り越してすでに皮膚の感覚すらも麻痺しているらしい。

『ねえ、ねえってば！　聞こえてる？』

ぼんやりと霞んだ目の前に、何かがヒラヒラと動いた。

視線だけ持ち上げると、正面に一人の少女がしゃがみ込んでこちらの顔を窺っていた。

ようやく、彼女が自分に声をかけているのだと気づいた。

長い銀色の髪が印象的な少女だった。素人目で見てもわかるほど艶やかな生地で作られたドレスをまとっている。

同時に彼の目を引いたのは、左右異なる色彩に色づく少女の美しい瞳だった。じっと見ていると、まるでその先に広がる世界に吸い込まれそうな感覚に陥る。

『……？』

小綺麗なドレスを着ているにもかかわらず、少女は傘も差さず彼と同じように全身ずぶ濡れになっている。

しかし装いを見ても、明らかにやんごとない家柄の娘だとわかる。

従者に傘を差させて往来を歩く貴族の姿を遠くから見かけたことがあっただけに、かなり不自然に感じる光景だった。

そもそもそんな身分の少女が、貧民が追いやられるように暮らしている底辺の街になんの用なのか。

『……もしかして、どうして私がここにいるのか気になってる？』

まるで彼の心を見透かしたように、少女はそう聞いてきた。

貴族は嫌いだ。

自分たちは移民であるというだけでこんな生活を強いられているのに、それを認めた奴らは誰も手を差し出そうともしない。

だから少女のその問いに、思わず何か言い返してやろうとしたけど、彼女の瞳をのぞいて言葉を呑み込んだ。

少女の瞳の中には、心配と空虚が同居していた。前者は自分に向けられたもの、後者は彼女自身に向けられたもの。

まだ十にもいかないような幼い少女は、すでに自身の人生そのものを達観し、諦めているように見えた。

身分は違えど、貧民街に暮らす人々と同じ目をしている少女に、彼は何も言えなくなってしまった。

『後ろに修道院が見えるでしょう？　私、あそこに用があったの』

チラッと少女が後ろを振り向いた。

視線の先には洋館のような外装の修道院。親のいない貧民の子どもを育てる孤児院でもあり、彼の育った場所でもある。

『家にいても居場所なんてないから、たまに抜け出してはここに住んでる子たちに、食べ物とか服とかを持ってきてるの。何もできない私が、唯一できることだと思うから』

『……』

『それで、あなたは？』

『……？』

『あなたはこんなところでどうしたの？　私が来たときから、あなたずっとここにいたわ』

『……』

『もしかして、帰る場所がないの？』

『……』

ふいと少女から視線を逸らせる。彼女の問いに答えるのは気が進まなかった。言ったところで、路頭に迷っている今の状況は改善しないのだから。

『なら私の家においでよ』

『？』

『このままここにいたら、あなた本当に死んじゃう。大丈夫、お父さまたちも私のことは鬱陶しがってるから、適当に理由つければ見逃してもらえるよ』

そう言って少女は彼の手を躊躇なく取った。思わず自分のほうが手を引っ込めそうになった。

汚らわしい貧民だと、ずっと蔑まれてきた。こんな風に誰かに手を取ってもらえたのは久々だった。

それも、自分たちを人一倍疎んでいるはずの、貴族の令嬢になんて……。

『乗って。そんなに広くないけど、横になれるくらいのスペースはあると思うから』

『……ちょ』

『ねえ、あなた名前は？』

『……ル、ヴィク』

『ルヴィク？　ルヴィクというの？　名字は……ない？』

『……』

あるわけがない。

この国で、貧民は準国民の身分にすぎず、国民になって初めて名字を名乗ることができるのだから。

『なら私がつけるよ。好きな言葉とかある？』

『……特に』

『んー、一番困る答え……』

自分を先に馬車に押し込んだのに、少女は相変わらず雨の中に立ったまま動かない。

居心地の悪さが先だって何度か降りようとしたのだが、そんな状態で雨風に晒されるわけにはいかないでしょう、と聞く耳を持たない。

『……じゃあ、レイン』

降りしきる雨をじっと見つめ、しばらく熟考してから少女は一つの単語を呟く。

一拍置いて、それが雨を指す言葉だと気づく。雨が降っているから、レイン。かなり安直だと思う。

でも、不思議と嫌ではなかった。

『あなたの名字、レインにする。どうかな？』

空を見上げていた少女は、そう言って彼のほうを振り向いた。その拍子に彼女の髪から雫が舞う。

ぐっしょり雨を吸っているはずなのに、彼の目には少女のドレスの裾が軽やかに揺れたように見えた。

彼女の周りだけ、雨が止んでいるように見えた。

＊＊＊

領地から戻ってきた後も、ルヴィクは自身の主人とまともに顔を合わせることができなかった。

ルヴィクは確かに主人であるドロッセルを尊敬している。かつて生活に困窮し、すべてを失ったルヴィクを助けてくれたのは彼女なのだから。

だけど領地に行って以降は、胸に渦巻いた靄が晴れない。忘れるべき懸念だと自身に言い聞かせてもダメだった。

そう自分を納得させようとすれば、あのテントの外で第三王子と話したことがいつも脳裏をよぎり、ルヴィクの心を揺らがせる。

『こんにちは』

王国軍が領都に乗り込み、ルヴィクもニコルと一緒に追いかけてきたときのこと。

軍の野営地に気を失ったドロッセルが運び込まれたあと、テントの外でウロウロして待っていたルヴィクに、エーデルハルトはそう言って声をかけてきた。

『ドロッセルの容態はどうかな？』

『えっと、まだ意識が戻る様子はないと、医師の方が……』

この国の第三王子ともあろう御方(おかた)が、自分のような一介の使用人に話しかけてくるのが驚きだった。

主人の様子が気になるのなら、王子であれば医師から直接聞き出せるのになぜ、と思ったが、エーデルハルトが立ち去る様子はない。

『……あの、お嬢様の身に、いったい何が……？』

『うーん、正直こっちでも原因はよくわかっていないんだ。俺の従者も一人ドロッセルと同じ症状が出てる子がいるけど、ドロッセルほどひどくないからね』

『そ、そうですか』

沈黙のままでいるのが気まずくて、無礼にならないよう様子を窺いながら聞いてみるも、すぐに会話は途切れてしまう。

『…………あ、あの』

『ん？』

『もしかして、どなたかに何か御用ですか？』

恐る恐るルヴィクはそう訊ねてみた。

だってもし彼が主人の見舞いに来たのなら、こんな場所でずっと立ち尽くしたりしないはず。

それでも彼がここを立ち去らないのは、誰かに用があるからではないのか。誰なのかはわからないが。

『……うん、そうだよ。用がある人がいるんだ』

『そ、そうでしたか』

『まぁ、君のことなんだけどね』

『え？』

『だから、ドロッセルの使用人である君に用があるんだよ……ドロッセルの最近の様子を聞こうと思ってたんだけど、どう切り出したらいいか迷っちゃってね』

君にとっては嫌なことかもしれないから、とエーデルハルトは少し言いにくそうに眉を八の字にしている。

王子が言っていることの意味はよくわからないが、とりあえずルヴィクは自分が知っているドロッセルの普段の様子を伝えた。

『では特に変わったこととかはなかったんだ？』

『はい、おそらく……』

『そっか』

『……あ、あの、無礼を承知でお聞きしたいのですが、どうしてそのようなことを？』

『ん？　あぁ、気にしないで。ちょっと気になることがあって』

『……？　お嬢様が何か……』

言ったあとにハッと口をつぐんだ。

王子を相手に一介の使用人がこんな問い詰めるようなことをしたら不敬に当たるのではないか。

しかし王子はルヴィクを責めることなく、むしろケラケラと楽しそうに笑ったあとため息をついた。

『いや、ドロッセルが何者なのかわからなくなっている自分がいるんだ』

『……え？』

『思うことがいろいろあってね、確証はどこにもないんだけど』

曖昧な笑みを浮かべながらエーデルハルトは言った。それはいったいどういうことなのだろう。

『ごめんね、こんなときに変なこと聞いて』

『い、いえ……』

『またそのうち様子を見に来るから、目覚めるまで彼女のそばにいてやってくれ』

『は、はい、もちろんです』

　これ以上言ったらいけないと判断したのか、そこで話を切り上げてエーデルハルトは去っていった。

　同時にドロッセルが眠っているテントから白衣を着た女性が出てきて、去っていく王子の背中を見つけるとすぐに追いかける。

『あれ？　アーちゃん……でついてき……んだい？』

『殿……ドロッセル様のこ……話し…………が聞こえたんですよ』

『彼女、具……どう？』

『正直わかりま……ね。……には異常……いのですが……』

　離れている場所にいるせいか、聞こえてくる二人の会話は途切れ途切れだった。女性と王子はそのまま話しながら、兵士たちの向こうへ遠ざかっていく。

『……』

　そしてルヴィクは一人、その場で呆然と立ち尽くした。

　一部しか聞き取れなかった王子たちの会話は、ルヴィクの脳内で勝手に悪い方向へと転がっていってしまう。

大したことは話していないのに、王子の言葉でルヴィクの心には波紋が広がった。

第三王子の不安に、共感できてしまう自分がいた。ドロッセルは確かに、ある日を境に少し変わった。

癇癪(かんしゃく)ばかり起こすこともなくなり、昔のようにしとやかな性格に戻った頃だった。彼女が不思議な力を使い始めたのもその頃だ。

なんとなく違和感のようなものは覚えていたが、元に戻ってくれたのならそれでいいと、ずっと見て見ぬふりをしてきた。

だけどエーデルハルトの言葉をきっかけに、ルヴィクの中に蓄積していた疑問諸々(もろもろ)が抑えられなくなった。

誰も見たことがないような力を、彼女はどうやって、どこで手に入れたのだろうか。

過去の親友を捜す彼女は、本当に昔の出来事を覚えているのだろうか。

かつて死にかけていた自分を助け、これまで庇護(ひご)してくれたのは、本当に今の彼女なのだろうか。

もちろんそれが事実であると示せる証拠はどこにもない。でも、同時にそれが事実でないと証明できるものもなかった。

「……あ、ルヴィ——……」

「っ」

今のドロッセルは、いったい誰なのだろう。

そのことが心の底から不安で、ルヴィクは今日も主人を見かけると反射的に逃げてしまうのだった。

四章　闇濡れの宝玉

　その日、いつも通り学園に向かったレティシエルだったが、ルクレツィア学園の正門前には見知らぬ人たちが忙しそうに出入りしていた。

「……？」

　正門の横に止めた馬車から何か運び出している様子の男たちを、レティシエルは不思議そうに目で追う。

　ずいぶん大勢の人が動いているみたいだが、いったい何をやっているのだろう。

「……あれ？　ドロッセルじゃないか！」

　行き交う男性たちを観察するあまり、後ろから声をかけてきた人物の気配に気づくのが遅くなった。

　振り向くと、エーデルハルトがレティシエルに手を振っていた。どういうわけか、彼はルクレツィア学園の制服を身にまとっている。

「おはようございます、殿下。その服、どうしたんですか？」

「ん？　学園の制服だよ？」

「いえ、それはわかりますけど、殿下は学園に通われているのでしたっけ？」

少し前まで王都にいなかったという彼を、これまで学園で見かけたことは一度もない。

そもそも、エーデルハルトと第二王子ライオネルは同い年ではなかったはず。

そのライオネルが今レティシエルと同じ初等生だから、一歳違いの彼はまだ入学していないのでは？

「あぁ、それなら否だよ。でも来年からは俺もここに通わないといけない年齢になるから、事前に制服はもらってるんだ」

「そういうことでしたか……てっきり変装用の格好かと」

「まぁ、変装というのもあながち間違ってないかもしれないけど」

そう言ってエーデルハルトはシャツの裾を軽く引っ張ってみせる。レティシエルたちと違って、彼は上着を羽織るのではなく腰に巻いている。

なるほど、こんな着方もできるのか、と妙に感心してしまったレティシエルだった。

「それにほら、学園に用があるなら制服着てた方が目立たないだろう？」

「目立ちたくないのですか？」

「うん、目立ちたくないね」

迷うことなくエーデルハルトはそう言い切った。彼らしい気もする。

「……」

「……？　なんですか？」

ふとそこでエーデルハルトがレティシエルのことをジッと見ていることに気づいた。

なんだかさっきとは少し雰囲気が違う。なんだろう？　まるで何かを見極めようと観察しているような……。

「ん？　いや、気にしないで」

レティシエルが指摘すると、エーデルハルトは歯を見せて笑った。

一瞬でさっきまでの明るいエーデルハルトに戻っている。なんという自然な変わり身だろう。

「ところで、今日は朝からいろいろ慌ただしいみたいですけど、何かご存じですか？」

「ん？　あぁ、あれは荷物運搬の作業だよ。あそこに木箱が見えるでしょう？　あれをミュージアムに運んでもらってるんだ！」

あれあれ、とエーデルハルトが指差した方向には、二人がかりで運ばれている大きい木箱がある。

そして金属の格子がはめ込まれた、厳重な木箱に入った何か。

「……？　何を運んでるんですか？」

「そうだな。いろいろあるが、主に聖レティシエル教会で押収した物品だな」

「聖レティシエル教会？」

「おう」

話を聞いてみると、レティシエルが王都に戻ったあと、エーデルハルトは領地の郊外にある聖レティシエル教の本部を捜査しに行ったという。

「向こうはめちゃくちゃ驚いてたけど、とりあえず事情説明していろいろ捜査用に持ち帰ってきた」

「なるほど……でも、それなら王城に保管するほうがいいのでは？」

「いやぁ、そうしたいのはやまやまなんだが、捜査用といっても年季モノもあるから、学芸員による鑑定はある程度必要なんだ」

「まぁ、必要かもしれませんね」

「で、このタイミングのミュージアムは、冬期の収蔵品整理で多忙を極めて猫の手も借りたい状態なんだよなぁ、これが」

「……それで王城に呼び出すより、直接出向いたほうが早いと考えたのですね」

「そういうこと～」

うんうんとエーデルハルトが頷く。領地で遭遇したあの謎の男たちは、修道士を名乗っていたから背後関係が疑われたのだろう。

「それにしても、一つだけ妙に厳重な箱があるみたいですけど……？」

「もしかして、あの鉄格子つき木箱のこと？」

先ほどレティシエルが目撃した、あの妙にガッチリとした木箱は、ちょうど運搬している人と一緒に本館の角を曲がって見えなくなるところだった。

「んー、どう説明したらいいかな……今回の押収品の中で、一番怪しいもの？」

「……？」

「何がどう怪しいのかはよく説明できないんだが……とにかくものすごく怪しいんだ」

「……それは勘ということですか？」

「うーん、まぁそうとも言うな」

それなりに重要な証拠品ではないかと思うのだが、そんな適当な感じでいいのだろうか。

「気になるなら一緒にミュージアム行くか？」

「部外者が行っていいものなんですか？」

「君は今回の件に関わってるんだし、部外者じゃないでしょ」

妙に自信ありげに言いながら、エーデルハルトはスタスタと歩き出してしまう。

少しだけどうしようか迷ったが、白の結社や謎の力に関係する手掛かりが得られるかもしれないし、彼のあとをついていくことにした。

「それで、教会の捜査中に地下に通ずる隠し通路を見つけたんだ。地下空間自体は有事の際のシェルターとしてかなり前に作られてるんだけど、そこに一つ開かずの間があってね」

「開かずの間ですか」

「そうそう。それでドアこじ開けて中を改めたら変なものが出てきたんだ」

「……今回の騒動に関係する証拠品ですか？」

「いや、黒い宝石と赤いネックレスだ」

それは確かに奇妙かもしれない。しかも広い部屋の中に、ポツンとその二点しか置かれていなかったというからなお不思議だ。

「教会は、こんなもの知らないと言っていたがな」

「でも、教会の地下にあったのですよね？　知らない……なんてことあります？」

「隠し通路は最近頻繁に動かした形跡があったが、教会側がシェルターを使う用事がないのも本当だからな。そもそも教会の人間が置いた証拠もないわけだし」

「あ、結社の者たちが勝手に使っていた可能性もありますよね」

「そうそう」

そう指摘するとエーデルハルトも頷いて同意した。

「それに、役職柄嘘を見分けるのは結構得意なんだが、あのうろたえっぷりはとても嘘には見えなかったさ！」

「なるほど……」

そんなこんなであっという間にミュージアムまでやってきた。

作業員と一言二言話をし、エーデルハルトは予備保管室に向かう。先に運び込まれていた証拠品の数々は、すでに格納されているようだ。

「本当に皆さん忙しそうですね……」

「だろ？　だから鑑定が終わったものから順に城に持ち帰って保管することになってる」

部屋に向かう道中、館内では終始複数の足音が響き渡り、学芸員たちがせわしなく行き来している。

レティシエルもそれなりにミュージアムには足を運んでいるが、ここまでみんなが忙しくしているのを見るのは初めてかもしれない。

「ドロッセル？　入らないのか？」

「あ、行きます」

ドアを開けて部屋に入っていくエーデルハルトにレティシエルも慌てて続く。

もともと使っていない保管室だから余計な家具はなく、本当に今日運び込まれた木箱以外何もない。

例の鉄格子の木箱は部屋の一番奥に置いてあった。

どこからか取り出した武骨な金属の鍵で、エーデルハルトは格子についている錠前を開ける。

「……これが」

開いた箱の中には、漆黒の丸い宝玉と、スクエアカットの赤い宝石がついたシンプルなネックレスが入っていた。

「……」

最初に覚えたのは、既視感、だった。

思わず手に取ろうとしてしまったが、証拠品に勝手に触ってはいけないだろうとすんでで引っ込める。

「先日言っていた、思い当たるものとはこれのことだったんですね」

「そーゆうこと。で、何か気になったことあるか？」

「ええ、この首飾りには確かに見覚えがあります」

「本当か？」

「はい。絶対だとは言いきれないのですが、私が跡地で遭遇した二人組の修道士の片方が、同じものをつけていたと思います」

別荘跡地で戦った男ではなく、その傍らにジッと佇み黒い霧を時折吸収していた、あの小柄な人物。

その首にも、赤いスクエアカットの宝石がついたネックレスがあった。

ただそのネックレス単体が何か特別なものかと聞かれたら、正直よくわからない。

魔力もなければ、精霊のように魔素を感じ取ることもできないレティシエルには、目の前のネックレスは、なんの変哲もないものに見えた。

「うーん、やっぱあいつらがつけてたのか……てなるとこのへん優先的に鑑定させてみるか……」

レティシエルの話を聞いて、エーデルハルトは顎に手を当ててムムと唸る。

しかしレティシエルはもう一つの品のほうに釘付けになっていた。

箱の大きさには到底釣り合わない、拳より少し小さいくらいの黒い宝玉。一見普通の宝石に見えるのだが、なぜか目が離せない。

大きさは決まっているはずなのに、中にまるで底なしの空洞が広がっているような気さえする。

見つめれば見つめるほど空洞は広がり、真っ暗な闇がじりじりとにじり寄ってくる。なんだろう？　まるで深海の奥深くへと引きずり込まれるような……。

「……セル！　ドロッセル！」

「……！」

頭が急にガクンと前後に揺れ、レティシエルはハッと我に返った。

すぐ目の前にエーデルハルトの焦りをにじませた顔がある。

彼の両手がレティシエルの肩を摑んでいるのを見ると、どうやら正気に戻してくれたのは彼らしい。

「……えっと、私は何を？」

「……その黒い石に触ろうとしていた。あと呼んでもまったく反応がなかった」

凝視しないよう気を付けながら石を見てみれば、さっきのような引きずり込まれるような感覚はすでに消えていた。

「今のはいったい……？」

「もう平気？」

「あ、はい。いらぬ心配をおかけしました」

「……」

「あの、何か？」

またエーデルハルトがレティシエルを見ている。今日はこれで二回目だ。

「いや、何事もないなら良かったよ」

心底ほっとしたようにエーデルハルトは微笑み、レティシエルの肩から手を放す。どうかしたのだろうかと思いつつ、レティシエルは木箱の蓋を素早く閉める。なんとなくだが、あの石は見てはいけない気がした。

「……殿下、先ほどの態度は訂正させていただきます」

「ん？」

「殿下の勘はおそらく正しいものではないかと思います」

「あ、わかってくれた？」

「勘ですけど」

木箱の蓋の表面を撫で、レティシエルは真面目に頷いた。

「あの石をジッと見ていたら、石の向こうに何かいたという、誰かに引き寄せられるというか、そんな不思議な感覚に襲われて……うまく言い表せないのですけど」

「いや、気にするな。しっかし引き寄せられる、か……うーむ」

「殿下はそういう感覚、ないのですか？」

「うん、全然。今もめっちゃ凝視してるけど何もわからん」

言葉通りエーデルハルトは石を至近距離から穴が開きそうなほど睨みつけている。もはや目と鼻の先である。

しかし先ほどのレティシエルのように周りの音が聞こえなくなる様子もないし、何より普通にこちらとも会話が成立している。

「ならなんで私だけ……？」

レティシエルは眉間にシワを寄せる。

「……もしかして、魔力無しの人間には良くないのかもな」

顎に手を当て、思案顔だったエーデルハルトがポツリとそう呟いた。

「魔力……が関係していると？」

「可能性の一つだ」

「なぜそうお思いに？」

「ほら、あのとき倒れるほど体調が悪化したのは君とメイだけだっただろう？　同じく俺も霧は吸い込んだけどピンピンしてたし」

「……あぁ」

　言われてみれば確かにそうだ。

　エーデルハルトに限らず、その場にいた兵士たちもほとんどは霧を吸っても体に影響は及ぼさなかったと聞く。

「君とメイがどっちも影響を受けてるから、可能性としては十分ある。まぁ、現状さっぱり証拠がないから推測の域は出ないけどな」

「もしかしてあのとき戦っておられたのも……」

「そうそう、こないだのハニーブロンドの女の子。君と同じく魔力無しなんだよ」

「なるほど……それなら確かに可能性はありますね」

　以前ルクレツィア学園の学園祭に第三妃ソフィーリアがやってきたとき、護衛としてそばに控えていた少女だ。

　ついでに領地でも、エーデルハルトと一緒に別荘跡地まで乗り込んできていたのを覚えているし、先日もエーデルハルトとレティシエルの屋敷に来ていた。

　しかし彼女が魔力無しだとは思わなかった。魔力無しは珍しい存在らしいし、自分以外他にいないのではないかと勝手に考えていた。

「ならこれ、やっぱりあの妙な力とも関係しているんでしょうか？」

「そう思う？」

「ええ、思いますよ。得体が知れなくて不気味、というのもあるかもしれませんけど」

かつて林間学校で遭遇した色白の大男と色黒の小男も、持っていた武器に黒い石……もとい黒い輪が浮かんでいた。

実際に石がついていたのかは見られなかったが、あのときジークも『黒い石』という言葉を発している。

「それになんというか……根拠がなくともやっぱり連想してしまいますし、何より絶対普通の宝玉ではなさそうですし」

「だよなー」

ケラケラと笑いながらエーデルハルトはレティシエルの言葉に同意した。一瞬暗くなりかけた空気も、彼の明るい笑い声が聞こえると途端に霧散する。

「とりあえず、この箱の中身は優先的に鑑定させるから、明日には結果があがってくるだろう。明日また呼ぶよ！」

「ありがとうございます、お待ちしています」

エーデルハルトはこのあとも証拠品の運搬の指示に当たるらしい。

作業の邪魔をしてしまうのは悪いので、一礼してレティシエルは一足早くお暇(いとま)することにした。

なんとなく手掛かりになりそうなことを掴んだことが嬉(うれ)しくて、大図書室に向かう道中レティシエルは少しだけご機嫌だった。

＊＊＊

しかし翌日、学園にやってきたレティシエルに知らされたのは衝撃的な情報だった。

「……ミュージアムが、襲撃された!?」

正門で待ち構えていたエーデルハルトから聞かされた言葉に、レティシエルは目を見開いた。

「どういうことですか、殿下」

「……言葉通りの意味だ」

そう答えるエーデルハルトの眉間にも深いシワが刻まれている。

まだ本館までかなり距離があるのに、学園内で飛び交っている声がここまで聞こえてくる。生徒たちの混乱は相当のようだ。

「経緯を、昨夜何があったのか聞いてもいいですか？」

「事件が起きたのは深夜だ。寮の生徒たちも寝静まってた頃に、悲鳴が上がった」

「それが、ミュージアムからのものだったと？」

「あぁ。研究室に泊まり込んでた教員が様子を見に行ったんだが……」

どうやら教師たちが駆け付けたときには、現場はすでにもぬけの殻だったらしい。

ミュージアムは西側の壁が一部崩壊し、多くの怪我人を出した。

館内整理で忙しい今の時期は、ほとんどの学芸員は泊まり込みで作業する。そのことが凶と出てしまった。

「何か私に手伝えることはありますか？」

「え？　そりゃあるけど……いいのか？　授業とかあるんじゃ？」

「大丈夫です、どうせ入学以来授業なんてほぼ出席したことがありませんので」

「それ自分で言っちゃう？」

とにかくエーデルハルトと一緒に、レティシエルはミュージアムへ急ぐ。

本館裏の湖の横を抜け、研究棟の奥の森を抜ければミュージアムに到着した。すでに何人もの教師が現場の指揮にあたっている。

半地下構造のミュージアムは、確かに西側の壁の一部が焦げて崩れている。半地下の部分と一階の一部だけで、二階の壁は無事らしい。

建物前の広場には白い布が広範囲に敷かれており、怪我人は全員そこに避難させられている。

「……あ、ジーク？」

「え？　ドロッセル様？」

ざっと見て二十人は下らなそうな怪我人たちの治療にあたっている人の中に、見知った人物を見つけたレティシエルは思わず声を上げてしまった。

向こうも……包帯を取り出そうとしていたジークも、レティシエルを見てキョトンとしている。

「ドロッセル様も救助活動に？」

「ええ、襲撃があったと聞いたから。私も手伝います」

「え？　ですが……」

「平気よ、怪我の手当てくらいなら魔術を使わずともできるわ」

怪我人の数は少なくないが、幸い重傷を負った人はいないようだった。

これなら魔術で癒さなければならないことはなさそうだ。オズワルドに釘を刺されているから気を付けないと。

「それにしても……どうしてミュージアムが襲撃されるのかしら」

壊れたミュージアムの壁に目を向け、レティシエルはそう疑問を呈する。

ちなみにエーデルハルトは、レティシエルがジークと合流したのを見て状況確認をしに他の学芸員たちに話を聞きに行っている。

「それは、私にもさっぱり……」

寮暮らしのジークに昨日の状況を聞いてみる。

彼も轟音とともに目を覚まし、窓からミュージアムの方角に煙が上がっているのが見えたという。

それで急いで現場に向かってみたら襲撃者の影はなく、すでに建物はこの状態だったらしい。

「何か狙われるようなものがミュージアムにあったのかしら？」

「しかし、この頃新しい聖遺物が持ち込まれたことはありませんよ？　昨日の搬入くらいだと思うのですが……」

「……心当たりがあるような気がするわ」

「え？」

「ひとまずみんなの手当てをしてしまいましょう。作業中にお話しします」

早速レティシエルはジークと手分けして、怪我をした学芸員や兵士たちの手当てを始めた。

今回の騒動は生徒たちにも伝わってしまっているため、本館の混乱を食い止めるべく多くの教員は現場に来られずにいる。

テキパキと作業を進めつつ、レティシエルはミュージアムで見た奇妙な宝石と首飾りのことをジークに話した。

「……黒い石に赤いネックレスの鑑定、ですか」

「ええ。昨日運び込まれたときに、エーデルハルト殿下に許可をいただいて見せてもらったのだけど、本来なら今日行われる予定だったらしいわ」

「もしかして、それらの物品を鑑定されたら困る人間がいるのかも……例の紋章の集団が関係しているのでしょうか？」

「その可能性はあると思うわ」

脳裏に領地で出会った、あの謎の修道士とジャクドーの姿がよぎる。

あのとき、彼らは純白の無地のマントを着ていたから、白の結社の紋章はわからなかった。

しかしなんとなく、かつてジークの父親が手紙で警告した紋章は、彼らのものではないかという予感がした。

「私、殿下に石のことを聞いてみるわ」

「ならここは任せてください。あと数人ですし、私一人で問題ありませんから」

「ええ、お願い」

残りの作業をジークに頼み、レティシエルはエーデルハルトを捜しに行く。彼は崩れた壁の近くで教師と話し込んでいた。

「殿下」

声をかけると、エーデルハルトはすぐにこちらに気づいた。そして教師に断ってレティシエルのほうにやってくる。

「よっ、友人との話は済んだのか？」

「ある程度は。負傷者の手当ても一通り終わらせました」

「そうか……悪いね、手伝ってもらっちゃって」

「いえ。それより何かわかりました？」

「……悪い知らせが二つあるんだけど、どっちから聞きたい？」

「両方悪いのならどちらから聞いても変わりませんよ」

「ごもっともだ」

レティシエルの切り返しにエーデルハルトは肩をすくめ、苦笑いを浮かべた。

「一つは、昨日ここに運び込まれた、あの黒い宝玉とネックレスが保管庫から姿を消した」

「……やっぱり」

返ってきた情報にレティシエルは驚かなかった。

未知の物体だし、魔術をかけて何か異変をきたしたらいけないと思って何もしなかったが、こうなるとわかっていたら処罰覚悟で調査したのに。

「襲撃があることを考えて兵は駐屯させていたんだがな……」

「向こうのほうが一枚上手だったということでしょうか」

「あぁ。この壁を見ればそうとしか言えない」

破壊された壁は、内側から外側に向かって破片が飛び散っている。つまり室内から誰かが破壊したのだ。

「二つ目の悪い知らせというのは……？」

「……」

エーデルハルトは言いにくそうに黙り込む。しばらく目を伏せていたが、やがて目を閉じて言った。

「……行方不明になった者が一人いる」

「……誰ですか？」

「ギルムという男だそうだ。君とは交流があったと聞いたが……」

その名前にレティシエルは目を見開いた。

彼は確か、聖遺物フロア担当の学芸員だったはずだ。

調べている出来事の都合で何度か聖遺物フロアを訪れているレティシエルにとって、ギルムは的確な知識を教えてくれる存在でもあった。

「ギルムが……」

詳しく事情を聴くと、昨夜の深夜近くにギルムが予備保管室に入っていくのを目撃した学芸員がおり、しばらくして保管室から悲鳴が聞こえた。

慌てて様子を見に行けば、室内にいるはずのギルムの姿がなく、代わりに部屋中にまき散らされた血痕と、血に染まった彼の制服の破片が転がっていたという。

それによって人が集まり、館内が混乱を極めたときに壁が突如爆破されたのが、今回の襲撃の全容だった。

「半地下の予備保管室の上は、学芸員たちの詰め所や休憩室がある場所だ。そこも爆発に巻き込まれたからな」

「だからあれだけ怪我人が出たのですね……」

話を聞く限り、ギルムは行方不明というより間違いなく死んでいる気がした。部屋中に飛び散るほどの血を失って、なお生き長らえることは極めて難しい。

今回、実際に襲撃者の姿を見た者はいないらしいが、おそらく白の結社で間違いないだろう。

以前屋敷で対峙(たいじ)した仮面の人物は、レティシエルしか知らないはずの転移魔術を使えていた。誰にも気づかれずに襲撃を決行するなんてわけないはずだ。

でも、なぜ結社はあの宝石と首飾りを奪っていったのか。あれらには、なんの秘密が隠されていたのだろう。

＊＊＊

ミュージアムの襲撃事件から一週間が経過した。

他に事件が起こることもなく、警戒態勢が解除されないうちにルクレツィア学園は冬期休暇に突入した。

窓の外からはザァザァと雨の音が大きく響いてくる。外の様子を見ずとも、土砂降りなのは明白だ。

「……あ」

ここはレティシエルが暮らす屋敷一階のラウンジ、カチャカチャとティーセットを出してお茶の用意をしていたニコルが小さく声を上げた。

「どうかしたの？　ニコル」

手に持っていた資料の束からレティシエルは視線を上げた。

現状様々な情報が錯綜(さくそう)しているから、情報整理の意味もかねてこれまで集めた手掛かりを紙にまとめてあるのだ。

「あ、すみません。お砂糖がそろそろなくなりそうだなって気づいて」

「あぁ、そうだったのね」

確かにニコルが持っている砂糖入れの中身は、角砂糖残り数個といった具合だった。あと数回お茶を淹れたらなくなってしまうだろう。

「そういえば今日は買い出しに行くの？」

「あぁ、行こうとは思ってます。いろいろ食材とかも減ってきてますし……」

「一日遅れてもいいのではないかしら？　大雨も降っているし」

「そういうわけにはいかないですよ、食材は待ってくれないんですから」

この屋敷の食料や日用品の買い出しはほとんどの場合ニコルが担当している。

買い物に行く頻度としてはだいたい三日に一回くらいで、今日はちょうど前回の買い出しから三日が経っている。

「でも、今日はお屋敷の掃除とかも終わってないですし、買い出しに行けるのももう少しあとになると思います」

ここで、買い出しなら代わりに行こうか、と言えたらいいのだが、ニコルにはニコルの買い物の仕方や行きつけの店がある。

そしてレティシエルはその極意やノウハウをよくわかっていないので、一人で行っても右往左往するだけで終わりそうで怖い。

「掃除くらいあとでも構わないわ。なんなら私にもできるし……」

「だ、だめですよ！　お嬢様にそんな力仕事を手伝っていただくなんて……」

ニコルは勢いよく首を横に振った。前々から思っていたのだが、ニコルはレティシエルが家事やら料理やらを手伝おうとすると決まって遠慮する。

「でも外は土砂降りよ、出かけるのなら早めに行ったほうがいいんじゃないかしら」

「それは、そうかもしれませんけど……」

「それに掃除を手伝うだけで、別に危ないことをするわけでもないから、何も心配しなくていいわ」

「お嬢様……」

それでもまだニコルは悩んでいた。彼女としては、主人に使用人の仕事を任せること自体気が進まないようだ。

コンコン。

「……？　はい」

そこへラウンジのドアをノックする音が聞こえてきた。少し首をかしげ、ニコルがすぐにドアを開けに行った。

「……あら、ルヴィク」

「失礼いたします」

外にいたのはルヴィクだった。

普段はしゃんと背筋を伸ばして立っている彼だが、今日はなんだか気まずそうにうつむきがちだ。

そして一度もレティシエルと目を合わせようとしない。ここ数日はずっとこの調子で、レティシエルも正直どうしたらいいかわからない。

「ちょうど、通りかかったんです。それでお二人の会話が聞こえたので……すみません、盗み聞きみたいな真似をしてしまいました」

「あ、いえいえ！　そんな気にしないでください。私も声が大きすぎました」

ニコルの明るい笑顔と対照的に、ルヴィクの浮かべた笑みはひどくぎこちなかった。

「そうだ、ニコル。買い出しの話をしていたんですよね？」

「え？　はい、そうですけど」

「その買い出し、良ければ私が代わりに行きましょう」

「ええ！」

まさかルヴィクがそんなことを提案するとは思っていなかったのか、ニコルはぎょっと目を見張り、慌てて開いた口を手で隠す。

「ニコルが買い物に行く店とかは、何度か一緒に行っているので覚えていますよ」

「でも、いいんですか？」

「ええ。……と、とにかく、お屋敷の掃除と夕飯はよろしくお願いしますね」

「は、はい！」

ニコルの返事を待つより先に、ルヴィクはすでにドアの取っ手に手をかけていた。

「……！」

部屋を出る前、一度だけこちらに目を向けたルヴィクと視線が合った。

しかしルヴィクはまるで何かに驚くか怯えているように小さく目を見開き、そのまま目を背けるとラウンジから出ていった。

「……」

この頃、レティシエルとルヴィクの関係は極めて気まずいものになっていた。

きっかけこそルヴィクだったが、今ではレティシエルも彼と会うことを不安に思うようになっている。

ルヴィクはレティシエルになんらかの不信感を抱いている。その不信を面と向かってぶつけられることが怖いのも、理由の一つだ。

特に二人きりでいる時間が一番怖い。気まずさから来るものだけではない、何を話したらいいかわからないからだ。

かといって気の利いた言葉や楽しい世間話をすることも、懐かしい過去の話をすることもできない。

今更ながら、ルヴィクと共有できるような話題も思い出も、今のレティシエルはほとんど持ち合わせていないのだと痛感する。

「……ルヴィクさん、どうしたんでしょうか？」

「……わからないわ」

そればかりはレティシエルにもわからなかった。

いや、正確にはこれかもしれないという候補はいくつか思い当たるが、どれが原因なのか、それとも全部が原因なのか判断できない。

何せルヴィクのほうからこちらを避けているし、本人もレティシエルに何も言ってこないのだから。

それも相まってレティシエルのほうも不安になってしまう。

ルヴィクと腹を割って話すべきだとはわかっているが、ルヴィクの感情が読めないせいで拒絶がとてつもなく怖い。

(どっちにしろ、ルヴィクが戻ってこないと話も始まらないわよね)

ひとまず彼が帰ってくるのを待ち、様子を見て少しずつ話をしていくしかないだろう、とレティシエルは考えた。

そして、ルヴィクが出かけてからおよそ六時間が経過した。

「……おかしい」

レティシエルは今、屋敷のエントランスホールにいた。外はすでに空全体が真っ暗になろうとしている。

　ホールをグルグルと歩き回り、時々立ち止まって閉ざされている正面玄関をじっと見つめる。しかし捜し人がそのドアを開けて戻ってくることはない。

「お、お嬢様、ルヴィクさんは……」

「まだ戻ってきてない」

　そう答えるレティシエルは、鏡を見なくても自分が今とても険しい表情をしているのだろうとうっすら自覚している。

　しかしルヴィクが未だに戻ってくる気配がない以上、表情を取り繕える余裕はあまりない。

　ルヴィクが屋敷を出たのはまだ正午を過ぎて間もない頃のこと。

　これだけ長い間買い物から戻ってこないなんて不自然だ。途中で何か事件に巻き込まれたのか。

（……あるいは、戻ってこないつもりなの……）

　脳裏にそんな最悪な答えが浮かび、すぐさまそれを打ち消す。

　もしそのつもりがあったのなら、こんな回りくどい方法ではなくいつでも正面玄関から出ていける。

　それに、仮にレティシエルに何か思うことがあっても、ルヴィクがニコルとの約束まで反故にするとは思えない。

「……！　お嬢様、どちらへ!?」

「ルヴィクを捜しに行くわ」

居ても立ってもいられなくなり、レティシエルは上着も着ずにそのまま玄関から飛び出ようとした。

そんなレティシエルの肩を摑み、彼女を引き留めたのはクラウドだった。

「おやめください、お嬢様。こんな夜更けにお一人で出かけるなど危険すぎます」

「でも、じっとなんてしていられない」

「お気持ちはわかります。ですが冷静になってください！」

エントランスホールに三人しかいないせいか、クラウドの一喝はホール内に思いっきり響いた。

「今の時間にお嬢様が出かけられて、いったいどこへ行こうというのですか」

「どこって……」

「そもそもお嬢様はルヴィクがどこへ行ったのかもわからないではありませんか。お嬢様だけではありません、俺たちもそうです。そんな当てずっぽうに捜して、本当に彼は見つかるんですか？」

「……」

そう言われると、レティシエルは何も言えなくなってしまう。

確かにここにいる人間は誰一人、ルヴィクが屋敷を出た後どこに行ったのかわからないし、見当もついていない。

そんな状態で王都まで飛んでいっても、いったいどうやってルヴィクを捜すというのだろう。

「俺はひとまず今晩は家に戻ります。ルヴィクのことで、集められるだけ情報を集めてまいりますので、どうか」

「……わかった」

クラウドに説得され、レティシエルは小さく頷く。自分でもびっくりするくらい、声に覇気がなかった。

その後クラウドは帰り支度をしてすぐに王都へ戻り、ひとまずレティシエルは自室に戻ってニコルが用意してくれた夕飯を食べる。

本当はさほど食欲もなかったが、せっかくニコルが作ってくれたものを粗末にするのは申し訳なかったので、すべて平らげた。

食事が終われば、ニコルがそそくさと食器を下げて退出していった。多分気を遣ってくれたのだと思う。

（……ルヴィク、どこにいるの？）

一人になれば、脳内で問いがグルグルと周回した。何度自問自答しても手掛かりがないことに変わりはないが、考えずにはいられない。

今日はこのあと何もする気が起きなくて、レティシエルは寝間着に着替えてさっさとベッドに潜り込んだ。

明かりを消せば部屋の中にはすぐに暗闇が訪れる。

今夜は月が出ていないようで窓の外は薄暗く、それがかえって不安を助長させた。

頭から布団をかぶり、レティシエルは布団の中で背中を丸めて膝をかかえる。

王都に戻ったクラウドが何か掴んで戻ってこないだろうか。夜のうちにルヴィクがひょっこり帰ってこないだろうか。

ルヴィクをよく知る『ドロッセル』なら、彼がどこへ行ったのか見当がついたのだろうか。二人の間にはどんな過去が存在していたのだろうか。

そんなことを考えているうちにどんどん目は冴えてしまい、眠るどころの話ではなくなってしまった。

そして翌日、ほとんど一睡もできなかったレティシエルの目に飛び込んできたのは、けたたましい音を立てて地面に打ち付けている激しい雨だった。

ルヴィクは帰ってきていなかった。

(……雨？)

部屋の窓ガラスには、叩きつけるように大粒の雨と激しい風が体当たりしてきている。

その様子をレティシエルはベッドに座ったままぼんやり見ていた。昨日も強い雨が降っていたが、それよりもさらに激しい気がする。

寝起きの頭でぼーっとしているのか、それともほぼ徹夜してしまったから思考がうまくまとまらないのか、この光景はどこか懐かしく思えた。

「お嬢様？　起きていらっしゃいますか？」

ドアの外からおずおずとニコルが声をかけてきた。部屋に入ってきたニコルは、レティシエルの顔を見るなりサッと青くなる。

「お嬢様!?　いったいどうされたんです!?」

「……何が？」

「何が、ではありません！　ひどい顔色ではありませんか！」

思わず自分の頬に手を当ててみるが、鏡があるわけではないので当然自分がどんな顔をしているのかはわからない。

「そんなにひどい顔をしているかしら？」

「しています！　こんなことを申しては失礼かもしれませんけど……今にも死にそうな顔です！」

「今にも死にそう……」

それはとても深刻そうな形容だ。

「あの、ちゃんとお休みになられましたか？」

「うん、多分？」

「ど、どうして疑問形なのです!?」

昨日はちゃんと眠れなかったから、とてもその問いに自信を持って頷けないと思う。

「とにかく、朝食をご用意いたします。食事はしっかり摂ってくださいね！」

「うん」

「食事が終われば、クラウドさんもそろそろ来るはずです。焦る気持ちはわかりますけど、もう少し辛抱してください」

「わかってる、ありがとう」

ニコルは宣言した通りすぐに朝食を用意してくれた。

今朝相当顔色が悪いらしいレティシエルに配慮してか、スープやサラダなどの食べやすいメニューがそろっている。

おかげで食欲はなかったが、さほど苦労することもなくレティシエルはサッと朝食を終えることができた。ニコルに感謝である。

「……クラウドは、もう来てるのかな？」

「時間的にはおそらく……ちょっと私、様子見てきます」

ニコルは食器を撤去するついでに玄関に立ち寄り、しばらくしてクラウドを連れて部屋に戻ってきた。

どうやら屋敷に到着したばかりのようで、クラウドはまだ荷物を抱え、上着も着用したままだった。

「クラウド……何かわかったことはあった？」

「いえ、それが……」

戸惑いを抑えつつクラウドは、自分が聞き集めてきた情報を教えてくれる。

「……え？　警戒態勢？」

「はい……」

なんでも、この頃王都ではずっと警備隊がピリピリしていたのだが、昨日はいっそう街中がざわついていたらしい。

「でもどうして警戒態勢が……？　まさか学園での事件がそこまで深刻なの？」

「それはわかりませんが、かなり前からあったと思います。ただ昨夜有名な豪商の子息が姿を消してしまったようで、それが原因ではないかと」

「まぁ」

学園が休暇期間に入ってからレティシエルは街には出ていないのだが、まさか王都でそんな事件が起きていたとは。

しかも失踪事件だなんて、ルヴィクも行方不明になっている今、もしかしたら二つの事件は関係しているのかもしれない。

「今日も街に聞き込みに行くの？」

「はい、そのつもりです。この天候だと、庭仕事もできなそうなので」

ちらとクラウドが窓の外を見る。確かにここまで豪雨と暴風があっては、庭の手入れどころの話ではないだろう。

「なら私も連れていってくれるかしら？」

「え、ですが……」

「ずっと待っているだけなんて嫌。それに聞き込みをするなら、人手が多いほうが助かるはずよ」

「……わかりました。そこまでおっしゃるのであれば」

さっそくレティシエルは着替えを済ませ、雨除け（あまよ）のコートを着てクラウドとともに屋敷を出発する。

この豪雨だからクラウドは馬車で行くことを提案してくれたが、大した距離でもないし、聞き込み中は置き場所に困りそうだから止（や）めておいた。

かといってクラウドがいるから魔術も使えない。いつもは馬車か転移で移動してしまう道のりが、今日はやけに長く感じられる。

南門に着くと、いつもはない検問が行われていた。警備も増員されており、見るからにみんな殺気立っている。

ちなみに検問はなんの問題もなく通過できた。

髪と目の色でレティシエルの正体に気づいた一部の兵士たちは、少し驚いていたようだけれど。

「まだ午前中……一度手分けしてルヴィクのことを聞いて回りましょう。正午に一度どこかで会うというのはどう？」

「なら例の大衆酒場はどうですか？　以前お嬢様も行かれたことがある」

「わかった、そこにしましょう」

王都に着いた後は、軽くクラウドとこのあとの予定を確認し、レティシエルは早速情報集めを始める。

ニコルから聞いた情報によれば、昨日屋敷を出たときルヴィクは黒いコートに黒いズボンを着用し、茶色い木籠を持っていたという。

しかし道行く人々でも別に普通にする格好であるので、長丁場になるだろうとレティシエルは覚悟を決める。

「すみません、少し伺いたいことがあるのですが……」

そうしてレティシエルは道行く人たちを摑まえて話を聞き始めた。

これだけ大雨が降って、しかも警戒態勢が敷かれている中、出歩いている人は少ない。通りの隅々にまで目を配らせ、レティシエルは視界に捉えた通行人に片っ端から聞いて回る。

しかし、返ってくるのは芳しくない答えばかりだった。やはり特定に至るような特徴があまりに少なすぎる。

レティシエルと同じく知人や親族が行方不明になっている人たちはいたけれど、居場所がわかりそうな情報はまったく出てこなかった。

やがて正午を告げる鐘が街に響き渡った。聞き込みに夢中になるあまり、時間が過ぎるのも忘れてしまっていたらしい。

「成果なし、か……」

大通りの真ん中で、曇天を見上げながらレティシエルは呟いた。

とりあえず人通りが一番多そうな通りに三時間以上張り込んでも、ルヴィクの目撃情報は得られなかった。

リジェネローゼの王都はここよりもずっと小さかった。

当時は街の外すなわち危険区域だったこともあって、誰かを見失っても、みんなで協力して街中を捜し回れば問題なかった。

だけどこの広大なニルヴァーンの中で、その方法は当然通用しない。他に人を捜す方法を知らないせいで、レティシエルは途方に暮れた。

クラウドとの待ち合わせもあるから、ひとまずレティシエルは聞き込みを切り上げることにした。

「……？」

歩き出して数分、いくつか交差点を通り過ぎたあたりで、妙に誰もが迂回して近寄ろうとしない路地を見かけた。

少し奥まった場所にあるその路地は、大通り沿いにあるのに汚くボロボロだった。入り口付近には捨てられた道具やゴミなどが散乱し、奥の通路など左右の木の壁には腐ってできた穴まで開いている。

この先は、確か貧民街……。

主に国外からの移民や難民で、正式に王国民として認められていない、貧民と呼ばれている人々が暮らしている区画であることは知っている。

しかし実際に足を運んだことはなかった。

路地一つ隔てて隔離されているその街で、人々は何を思ってどうやって暮らしているのだろう。

「……とりあえず、酒場に行かないと」

路地の入り口から目を逸らした。多分ここは興味本位で入って良い場所ではない。

今はそれよりももっと大切な用事がある。レティシエルはそのまま大衆酒場を目指して歩き出そうとした。

瞬間、視界の端に白色のローブが翻った。

「!」

それはローブを着た人間の姿に見え、レティシエルは反射的に息を呑んだ。

「……今のは……?」

パッと背後を振り返るが、そこには貧民街への入り口があるだけで誰も見当たらない。

しばらくその場でどうしようか立ち尽くしていたが、迷った結果レティシエルは貧民街に行ってみることにした。

最近白いローブや人影を見ると反射的に白の結社を思い出してしまう。

どうしてここで彼らの影を見るのか。この先に、もしかして彼らの正体に至れるような情報でもあるのだろうか。

「……少しだけ」

クラウドとの約束もあるし、入り口付近を軽く見てみるだけなら時間もかからないだろう。

自分にそう言い聞かせて、レティシエルは路地へと入っていく。

踏み込んだ瞬間に辺りが一気に暗くなり、両脇の武骨な壁が圧迫感を醸し出す。

狭い路地は二人ほど肩を並べられる程度の幅しかない。周りにも他に人間はいないが、なぜか進めば進むほど歩幅が大きくなる。

やがて路地を抜けた先には奇妙な光景が広がっていた。

レンガや石造りの高い建物が多かった大通りと比較して、貧民街には木造の平屋が有象無象のようにひしめき合っていた。

家が道路にまでせり出しているから道幅は狭く、道端には古びた薄いローブ一枚で丸まっている者もいる。

廃墟（はいきょ）のように崩れかけている家もあれば、無理やりに増築を重ねた歪（いびつ）で大きな家もあり、街全体が継（つ）ぎ接（は）ぎでできているようだ。

こんな光景、千年前の下町でも見たことがなかった。だけどレティシエルの足は止まらず、自然とある方向に向いてしまう。

まるでドロッセルの体に刻まれている記憶が、無意識にレティシエルを導いているかのように。

なんだろう？　この街、どこか歩き慣れているような感覚がする。

「……ここは」

角を曲がった先の通りで、レティシエルは一軒の古びた洋館を見つけた。

手入れが長年されていなかったようで、塀の内側に広がる庭は雑草に覆われて一面緑色になっている。

洋館のほうも廃墟になって久しいらしく、壁や屋根の一部は風化して崩れ、ひび割れた古い壁にはびっしりとツタが絡みついている。

錆びて蝶番が外れ、風が吹くたびにギィギィ鳴って軋む正門に歩み寄ったレティシエルは、門柱に看板を見つけた。

年季が入った木の看板は半分ほど腐りかけていて、そこに刻まれている文字を読むのも一苦労だ。

「……クロ……ィス……修……院？」

まだ消えていない文字を拾い合わせていくと、そんな名前が浮かび上がる。

あれ？　確かこの名前、裁判で聞いたことがある。フィリアレギス家がかつて援助を行っていた修道院ではなかったか。

「ここ、来たことがあるような……？」

一瞬だけ脳の隅に何かがかすったが、その正体を突き止めることはできなかった。

ただそこまで気にはならなかった。

街によく出ていたという昔のドロッセルのことだ、この場所にだって来たことがあったのかもしれない。

そんなことを思いつつ、レティシエルは振り返る。

修道院の向かいにある小さな木の家。奇妙に反り返ったおかしな屋根の下に、一瞬ボロボロの服を着た男性の姿が見えた。

『あなたの名……レイン……。……かな？』

そしてまばたきをした次の瞬間には、その姿はかき消えていた。レティシエルは目を白黒させる。しかしいくら目を凝らしても、男性の姿が現れることはなかった。

「……気のせいかな？」

雨霧が見せた幻覚だろうか。

特に気にせずレティシエルは修道院の周りを回ってみる。門や建物と同じく、敷地を取り囲む鉄柵も半分以上朽ち果てている。

「……？」

ちょうど建物の裏に回ってきた頃だった。柵の一部に気になる箇所を見つけ、レティシエルは思わず立ち止まる。

錆びた鉄が崩れ、柵が壊れて空洞ができている箇所がある。

それだけなら気にはならないのだが、その空洞のところに何かを引きずったような跡がある。

それもこの大雨で消えていないということは、かなり最近にできたものだろう。

誰か出入りしてるのかと柵の向こう側の芝生を見れば、雑草に隠れ気味だが真新しい足跡があるのが見えた。

「……」

きな臭い匂いがした。

ここはかつてフィリアレギス家が支援していた修道院であり、白の結社と通じていたのもフィリアレギス家だ。

なら白の結社の連中が、ひそかにこの場所を根城にしている可能性は皆無ではない。レティシエルは意を決して柵を潜り抜けた。

敷地内には一番大きな館と、雑木林から頭だけ見えている聖堂らしきもの以外建物はなさそうだった。

館の裏には小さな勝手口が設けられている。一見して古そうな素材だが、よく見ればドアの蝶番はまだ新しい。

ギィィ……。

ゆっくりとドアを押し開けると同時に、小さくドアが軋んだ。レティシエルは館内に滑り込んでドアを静かに閉める。

館の中は昼間だというのに驚くほど薄暗かった。

建物が老朽化しているせいか、あちこちから隙間風が吹いてきては、悲鳴みたいな音が廊下を通り過ぎていく。

できるだけ音を立てないよう注意しつつ、レティシエルは石畳の廊下を進む。勝手口から続く廊下は一本道で、その先は玄関ホールに続いていた。

ホールに入って最初に目につくのは、中央に鎮座するシャンデリアの残骸。

次いで左右にはそれぞれ廊下が延び、二階に続く木の階段は、板が腐ってすでに上れなくなっている。

タッタッタッタ……。

突然背後で誰かが走り去るような足音が聞こえた。

レティシエルはすぐさま音が聞こえたほうに走り出す。音の反響具合から推測するに、おそらく東側の廊下からだ。

東の廊下には余分のドアはなく、突き当たりに両開きの大きなドアがあるだけだった。

（……開いてる）

そのドアが片方だけ薄く開いていた。

明らかにレティシエルのことを誘っている。

だけどこのタイミングで引き返すわけにもいかない。

迷うことなく、だけど戦闘態勢はしっかり整えたうえでレティシエルはそのドアを押し開けた。

真正面にひび割れた女神像と崩れかけの祭壇がある。どうやらここは小規模な礼拝堂のようだ。

（あれは……）

レティシエルの視線の先、女神像の足元に黒々とした四角い穴が見える。

近くまで行ってみると、その穴の中には地下に向かって下る階段が続いていた。耳を澄ませば、何やら人の声が聞こえるような気もする。

もしやこの先に行方不明になった人々がいるのではないか。

とりあえずもともと穴の蓋として機能していたであろう石板を壊し、この穴が閉じないようにしてからレティシエルは階段を降りる。

明かりが一つもないせいで、下に行けば行くほど足元すら見えなくなってくる。

魔術で周囲を明るくしようとも思ったが、この先に敵がいるかもしれないことを考えると、むやみに明かりをつけないほうがいいだろう。

階段を下りきった廊下には、一筋のオレンジ色の光が伸びている。どうやら一番奥の部屋から光が漏れているらしい。

「……ここって……！」

細く開いた隙間から室内をのぞき込んだレティシエルは、思わず小さく声を上げてしまった。

オイルランプ一つしかないその部屋の中には、大勢の男女が一か所に集められていた。

おそらく行方不明になっている人々ではないか。

全員が手足を縛られ、目隠しをされている。反射的にレティシエルはドアを押し開けていた。

「……？　お嬢様？」

その中の一人が、レティシエルの声に反応する。目隠しで一部顔は隠れているが、間違いなくルヴィクだ。

「ルヴィク……！」

朝から血眼になって捜していた人が見つかり、嬉しさのあまり駆け寄ろうとしたが、寸前で思いとどまって周囲を確認する。

ここが拉致した人々を捕らえている部屋なら、彼らを見張っている人間がいるはず。そう思ったのだが、室内には監視らしき人影はない。

一応探索魔術で周辺に人の気配がないかも探ったが、ここに集められている人以外、この階層に他に人間はいなかった。

泳がされている。そう感じたが、構わずレティシエルはルヴィクの目隠しを外す。

「ルヴィク、大丈夫？」

「お、お嬢様……どうしてここに……」

「あなたを捜していたら、たまたまここにたどり着いたの」

「……ありがとう、ございます」

「お礼なんていらないわ。とにかく、無事で良かった」

レティシエルを見たルヴィクはどこか安堵したように息を漏らしたが、それでも後ずさろうと無意識に動いていた。

彼を拘束していた縄をほどき、レティシエルは他の人たちも解放していく。

「あ、あんたは……」

「皆さんを助けに来ました。時間がありませんので、どうか私の指示を聞いてください」

現状この階層に他に怪しい人間は感知できないが、その状況がいつまでも続くとは限らない。

有無を言わさないレティシエルの圧に押されてか、こちらを見ていた人々は総じてコクコクと頷いて見せた。

「私についてきてください、できるだけ離れないように」

ルヴィクも含めて二十人ほどいるので、あまり離れられるといざというときに警護しにくい。

「……どうしてみんながあそこに集められたのか、聞いてもいいですか？」

「あ、えっと……」

階段に向かう道中、一番近くにいた町娘にレティシエルは訊ねた。いきなり声をかけられて驚いている様子だった。

「えっと……その、なんでなのかは私たちにもわからなくて」

話しながらレティシエルたちは階段を上りきり、薄暗い礼拝堂に出た。

すぐさま探索魔術を発動させるが、相変わらずレティシエルたち以外の人の気配は引っかからない。

「でも、何回か男の人？　が部屋に入ってきました。目隠しされてたので見えなかったけど、一人ずつどこかに連れ出していたような気がします……」

「そうでしたか……」

レティシエルと会話しながらも、彼女は小さく身震いしていた。

目隠しをされた状態では、いつ自分も同じように連れ去られるのか不安で怖くてたまらなかっただろう。

「他に何か気になる音を聞いた方はいますか？」

「うーん……あ、そういえば」

彼女にこれ以上話を聞き続けるのは、よしておいたほうがいいかもしれない。

そう思って他の町人たちに質問を投げたところ、ぽっちゃりと太った小柄な男性がおずおずと挙手した。

「誰かが連れ去られる度に、なんだか妙な音が聞こえていました」

「妙な音?」

「え、ええ……。その、なんと言いますか……石がこすれ合うような音……?」

言いながら自分の表現に自信がなくなってきたのか、男性は小さく首をかしげた。

しかしこれはかなり重要な情報だ。

あの部屋には出入り口のドア以外に通行できる場所はない。

そしてそのドアは木製で、たとえそこから人を運び去っていても、石がこすれる音がするはずがない。

(つまりあの部屋には別の出入り口があるということね)

攫(さら)ってきた人々をどこかに連れ出すときに使われた隠し扉が。

ホールまで出てきても敵の姿はなく、修道院内は不気味なほど静まり返っている。

嵐の前触れのような気がしなくもないが、襲撃してこないならこの機会を逃すことはできない。

自分が入ってきた裏口ではなく、ホールにある正門の前まで行くと、レティシエルは足で思いっきりドアを蹴り開けた。

長年手入れされていないせいで蝶番(ちょうつがい)が錆(さ)びたか緩くなっていたらしく、衝撃を食らったドアは枠ごと外側に外れて倒れる。

「お、お嬢様……」

「平気よ。どのみち手で押しても開きそうになかったもの」

思わず、といった様子で声を上げるルヴィクに返事をしつつ、レティシエルは正門から外に出る。

外は相変わらず大雨だった。心なしか、レティシエルが修道院に入ったときよりもひどくなっているような気がする。

「街への戻り方はご存じですか？」

「い、いえ……」

「そうですか。では大通りまで送ります」

「あ、ありがとうございます」

正面の錆びた鉄の門を開け、レティシエルは町人たちを修道院の敷地から出す。

貧民街でこれだけ大勢の人間を引き連れているのは、ここの住人からすればさぞかし奇妙な光景だろう。

移動中もさんざん注目されたが、無視して先を急ぐ。

「……あ、街だわ！」

「ほ、ホントに戻ってこられたぞ！」

レティシエルが入ってきた路地の入り口まで来ると、路地の向こうに見える大通りに町人たちが沸く。

「あ、あの！　ありがとうございました！」

「お礼は必要ありませんよ」

特にこちらが何か言うまでもなく、彼らは一人また一人と全力で路地に駆け込んでいく。これで彼らは無事家族のもとに戻れるだろう。

「ルヴィクも、早くここを離れたほうが良いわ」

「お嬢様……」

「今、街では警備隊が厳重な警戒態勢を敷いてる。一番近い詰め所がどこにあるかわからないけど、そこに行けばきっと保護してくれるわ。それと大衆酒場にも行ってみて。クラウドが待っていると思うから」

「……」

そう言ってルヴィクのことを促すが、彼は少しだけ顔を伏せたままその場でじっと動かずにいた。

「ねえ、ルヴィク。私のことが信じられない？」

「そ、そんなことは……」

すぐに否定しようとするが、尻すぼみに消えていくルヴィクの声から、彼の心の内が見えた気がした。

「それでも構わないわ。あなたに言えていない秘密は、確かに私にはあるから、そう思われたって仕方ない」

　かつてのドロッセルとルヴィクが共有していた記憶を、レティシエルが持っていないのは事実。

　加えて前世のことや、そもそも記憶がないこともレティシエルはルヴィクに言えていないし、不信感を抱かれても何も文句は言えない。

「でも、クラウドのことは信じてあげてほしい。今も昔も、彼はきっとあなたのよく知るクラウドよ」

「お、お嬢様、私は……」

「私のことは気にしないで。ほら、急いで」

　何か言いたそうにしているルヴィクを無理やり通りに送り出して、レティシエルはすぐに修道院にとんぼ返りする。

　この先何が待っているのかわからない。無関係の人間は巻き込まないよう遠ざけておかなければ。

　住民たちが拘束されていた部屋まで戻り、レティシエルは捜索を開始した。

　先ほど彼らに聞いた証言から考えて、おそらくこの部屋のどこかに別の出入り口があるはずだ。

　一見どこにも二枚目のドアはない。使われなくなっている暖炉や壁にかかったままの絵や鏡だけが残されている。

「……これかな？」

暖炉を調べていたとき、壁に半分埋もれるようにくっついている奇妙な取っ手のようなものを見つけた。

試しに手前に引いてみると、ガコンと木の枠が外れるような音が背後から聞こえてきた。

再度室内の様子を確認すれば、先ほどまでなかった正方形の小さな空洞が、壁の隅っこにひっそりと開いているのがすぐにわかった。

「……」

中をのぞき込んだレティシエルは、その先にあるものに思わず沈黙してしまう。

四角い空洞の先には、緩やかな下り坂が続いていた。幅も横たわれば人が一人くらいは通れる狭いものだ。

確か故郷にこんな玩具（おもちゃ）があるとナオが言っていた。滑り台……と言っていただろうか。

（なるほど、これで人々を移動させていたのね）

下り坂の出口は、ここからだとまったく見えない。

どこまで続いているのか、どれくらいの長さ続いているのか、この下に何があるのかもわからない。

多少の不安はあるが、レティシエルは空洞に両足を入れて腰を下ろす。ここまで来て、行かないという選択肢なんて存在しない。

グッと両手で体を前に押し出せば、下り坂に乗っているレティシエルは自然と下降し始める。

角度が急になるにつれて滑る速さもだんだんと上がっていく。念のため自分には結界魔術をかけておいた。

やがて足元のほうから徐々に明るくなっていき、ほどなくレティシエルは広い空間に放り出された。

窓も装飾もなく、ただ岩壁を掘り抜いただけの武骨な空間だった。

壁には等間隔にランプがかけられ、明るさを保っているが、天井が高いのか上のほうは暗くて何も見えない。

他にも石のドアと思われるものも壁にいくつか並んでいる。けれど他に物品は一つもなく、床にすら何もなくだだっ広い。

「……ここはいったい」

まさかクロヴィス修道院の地下にこんな空間があったとは思わなかった。

仮にこれを作ったのが白の結社だとしたなら、いつ何をするために作られた空間なのだろう。

そもそも住民たちをここに運んでいたのに、これまで連れてこられてきたであろう先客たちはどこにいるのか。

「ウゥゥ……」

レティシエルの思考を低い唸り声が打ち消した。

辺りを見回すと、さっきまで閉まっていた左右の壁のドアが軒並み……いや、一つを除いて開いていた。

そしてそのうちの一つから、おぼつかない足取りで一人の男性が出てきた。着ている服は質素な木綿製のもので、おそらく庶民だろう。

「ウゥァァ……」

しかしどうにも様子がおかしい。さっきから意味のある単語を発さないし、手には短剣のようなものも持っている。

「ウガァァァ……！」

「……なっ！」

近づこうとレティシエルが一歩踏み出したのと、男性が持っている短剣を振り上げるのは同時だった。

顕になった男性の瞳は完全に濁っていて焦点が定まっていない。そして胸元の服は一部破れ、そこから黒い石のようなものがのぞいている。

その石に、レティシエルは見覚えがあった。

少し前、ミュージアムに運び込まれるも襲撃により姿を消した、あの黒い宝玉とよく似ているのだ。

（あの石って、いったいなんなの!?）

レティシエルが内心混乱している間にも、男性の胸に埋め込まれた宝玉から黒い糸のようなものが伸び始める。

それが全身に広がっていくにつれ、茶色だった男性の髪はみるみる白くなっていき、濁った瞳も爛々と赤く輝き始めた。

やがて髪の毛の最後の一本まで変色が終われば、男性の首に黒い輪が絡みついて浮かぶ。まるで首輪のように……。

「！」

それは今まで何度も遭遇してきた、謎の黒い霧を操る白髪兵の姿だった。

そして首のそれは、課外活動で遭遇した二人組の男たちが操っていた武器に浮かんでいたものに間違いなかった。

（まさか、あれが白髪兵を生み出しているの!?）

ミュージアムでレティシエルが連想したことはどうやら本当のことだったらしい。

でもこれまでに戦った白髪兵たちに、果たして黒い宝玉や黒い輪なんてあっただろうか。

後ろのほうからも複数の足音が聞こえる。

気づけばレティシエルの周りには白髪兵が大勢集まり、ドアの向こうからもまだ後続が来ていた。

やはり彼らの胸にも黒い宝玉が埋め込まれており、手にはそれぞれ手斧(ておの)や鉈(なた)などの刃物が握られている。

「こんなに多いなんて……！」

驚きと同時に突如理解した。これだけの数の兵を生み出すには、同じ数だけ媒体が必要である。

この頃王都で頻繁にあった行方不明事件、それはきっとここで白髪兵たちを大量に生み出すために起こった事件だということを。

「ゲェァァ……！」

「ングゥゥ」

叫び声を上げながら、白髪の人々がレティシエルに向かって武器で切りつけてきた。

突然の事態で何がなんだかわからないが、とにかくこの事態を切り抜けなければ調査も何もできない。

十個ほど空気弾を魔術で作り出し、それを八方に向けて打ち出す。弾を腹に食らった者たちはくぐもった声と一緒に後ろへ吹っ飛ぶ。

（でも、どうしたら彼らを無力化できるんだろう？）

しかしすぐに後衛の者たちが押し寄せてくる。

意識を奪おうにも、現状彼らはすでに意識を奪われているも同然なことから、その方法はおそらく通用しない。

そして今は操られているとしても、彼らはプラティナ王国の民であり、街にはきっと家族がいる。殺すことはもっとできない。

かといってこうして空気弾だけで延々とけん制しているわけにもいかない。

この空間に窓はない。つまり外から入ってくる空気は極端に少ない。

魔素は空気中に漂っているものだ。閉鎖空間の中では、空間内に内包する魔素も尽きることがままある。

これだけの数を相手にするなら、風属性の魔素が途中で尽きる可能性は決して低くないのだ。

一瞬だけ思考を巡らせ、レティシエルは別の戦法を取ることにした。身体強化魔術を自身に施し、襲い掛かってくる民の攻撃をかわす。

基本的には体術で戦い、拘束するときだけ魔術を使えば魔素の消費を抑えることができるとレティシエルは考えた。

ほんの少し前まで、彼らはごく普通の一般庶民だったのだから、レティシエルの護身術レベルの体術でも立ち回れるだろう。

「グエェ！」

真っすぐ突き出されたナイフを受け流し、ナイフを持った腕を摑んでそのまま背負い投げをお見舞いする。

背中から着地した男性の口からつぶれたカエルのような声が漏れる。内心申し訳ないと思いつつ、動き出す前に素早く床に手を当て魔術を発動させた。

すると石の床が動き、男性の両手足を地面に固定する。これで少なくとも動きを封じることはできる。

（……うん、これならそんなに魔素を消耗しないわね）

問題がなさそうだと確認して、レティシエルは男性が落としたナイフを拾う。

多勢に無勢のこの状況では、武器は持っていたほうが良いだろう。

殺すつもりは毛頭ないが、足の筋を切ることも人間の無力化には有効な方法である。すぐに治療すれば後遺症になることもない。

もちろん、そんな方法はできるだけ使いたくはないが。

ちなみに万が一他の人たちに踏まれでもしたら大変だから、先ほどの男性には結界魔術をかけておいた。

「グォオ」

「ガハッ！」

次から次へと白髪兵たちが飛び掛かってくるが、レティシエルは落ち着いて一人ずつ無力化していく。

気づけば、石のドアからこれ以上兵たちが出てくることはなくなっていた。

もう増援はいない様子だったが、その代わり部屋の中にはかなり大勢の人間が密集している。

無数の黒い宝玉が鈍い光を放ち、陽炎が揺らめくように彼らの周囲には黒い霧のようなものがまとわりついていた。

（……！　この状況……）

すぐに既視感を覚えた。領地の別荘跡地で仮面の修道士と戦ったときに、これと同じような状況が起こった。

「……もう同じ手は食らわないわ」

あのときは霧について何もわかっていなかったが、今は違う。

両手を前に掲げ、レティシエルは三つの術式を同時に空中に展開する。

そしてそれらを一つに重ね合わせると、レティシエルは手に持っていたナイフをそのまま術式の中心に突き立てた。

パリィィイン！

その瞬間、ナイフが刺さった場所を起点に術式が割れ、ガラス片のように細かなカケラが飛散した。

それと同時にナイフを中心にふわりと風が渦巻く。レティシエルがナイフに風魔術を付与していたのだ。

飛び散ったカケラは、その風に巻かれてあっという間に四方八方へと飛んでいく。

それらが均等に空間内のすべての場所に行き渡った刹那を見逃すことなく、レティシエルは小さく指を鳴らした。

ドガァァン！

あちこちに散らばった術式のカケラが、その合図のもと一斉に爆発した。

もちろん火属性の術を使っているわけではないので、本当に物が吹き飛ぶような爆発が起きたのではない。

しかし爆発とともにカケラたちは白い霧へと形を変え、未だ効果が持続している風魔術によって空間の中を緩やかに循環する。

その白い霧に触れた黒い霧は、まるで雪が解けるように少しずつ灰色に変わり、そして真っ白になる。

「ウガァ……」

「グゥ……」

黒い霧が薄くなり、白い霧が濃くなるにつれ白髪兵たちの動きも明白に遅くなった。

領地のときとは違って、レティシエルも自分なりに黒い力を分析し、現状できる限りの対策を打ってきたのだ。

レティシエルが使ったのは、光と無属性の複合魔術。かつてロシュフォードに憑いた怪物を祓ったときの術と同じものである。

正確には今回は合成術式も使って威力を高めているので、あのときの強化版と言ったほうが正しいかもしれない。

最初の頃は無属性が効くことから使い続けた方法だったが、精霊から教えられた情報で、これこそ黒い霧に対抗する方法だと確信した。

霧の効果で白髪兵たちの動きが鈍くなっている今がチャンスだろう。

レティシエルはすぐさま兵たちの無力化にかかる。

「ギィエ……」

レティシエルのことを捕まえようと、彼らは腕を伸ばしてくる。しかし動きは遅いので相手にするのは簡単だった。

数が多いのは相変わらずだが。先ほどまでと比べて格段に戦いやすくなっている。

やがて白い霧が霧散した頃には、空間内にいたすべての白髪兵は軒並み床に倒れて動きを封じられていた。

念のため周囲をくまなく観察してみる。

兵たちが出てきた石のドアたちはすべて閉め切られており、これ以上白髪兵が出てくる様子はない。

一息ついて、レティシエルは一番近くに倒れている白髪兵に目を向ける。

媒体にされている男性はすでに気絶していたが、彼の胸に埋め込まれた黒い宝玉は変わらずドクドク脈打っていた。

この宝玉が力の源になっているのなら、これを外せば彼らは元に戻るのではないだろうか。

そう思って黒い宝玉を取ろうと、レティシエルはそれに手を伸ばす。

「……！」

背筋に一瞬だけ氷が走り、レティシエルは反射的にその場から飛びのく。

バゴン！

振り返れば、今しがたレティシエルが立っていた場所には、ボールくらいの大きさの風穴が開いている。あと一秒でも避けるのが遅かったら直撃していただろう。

「相変わらず良い反射神経をしてるな」

上のほうから年若い少年の声が降ってくる。

声が聞こえてきた方向を振り仰ぐと、床と天井の中間くらいの位置に手すりのようなものが見える。

その向こうに、白いローブに身に包んだ少年が立っていた。フードをかぶり、顔には銀細工の仮面がつけられていた。

別荘跡地で戦った仮面の男と同じ格好だが……おそらく別人だ。

あのときの男と比べて明らかに身長が低い。レティシエルよりは高い……ジークと同じくらいだ。

右側にはこれまで何度も見てきたジャクドーが、ヘラヘラ笑いながらこっちに手を振っている。

茶色い片眼鏡の下から、一瞬だけ赤く染まった右目が見えた気がした。

そして少年の左にはフードを深くかぶった男が立っている。手に着けている手袋には見覚えがある。領地で戦ったのはどうやらこっちのほうらしい。

「まぁ、このくらいは避けてもらわないと困るんだが」

「……何者なの？」

聞かずともある程度は察しがついている。

ジャクドーと、領地で戦ったあの男を両側に控えさせている時点で、この少年がおそらく白の結社の統領に近い存在なのだろう。

「何者？　それをお前が聞くのか？」

レティシエルが睨(にら)みつけても少年はどこ吹く風で、こちらを見降ろしながらフンと鼻で嗤う。

「君に会えることをずっと待っていたよ、レティシエル」

この世界では誰も知らないはずの名前を、仮面の少年ははっきりと声に出して告げた。

五章　邂逅（かいこう）、そして

「元気そうじゃないか、レティシエル。安心したよ」

　仮面で一部顔は隠れているが、フードの縁からのぞいている少年の口元は三日月形に吊（つ）り上がっていた。

「……なんで」

「ん？」

　対するレティシエルは、見知らぬはずの少年の口から前世の自分の名前が出てきたことに、驚きを隠せなかった。

　前世の記憶があることは、この時代に転生してきてから誰かに話したことは一度もない。だからこの名前はレティシエル以外誰も知らないはずだ。

　千年前のレティシエルを知っている人間でなければ。

「あぁ、もしかして私がその名前を知っているのが不思議なのか？」

　クツクツと少年は顎に手を当てて笑った。声質やしゃべり方から男性だとはわかるが、その動きは少々女性じみている気がした。

「別に私とお前は初対面ではないんだがな」

「……？」

「そうか、そういえば覚えてないんだったな。二年前のパーティーの夜と言えば多少思い出してくれるか？」

「！」

助けて、と念じながら逃げる少女の記憶が蘇った。

確かドロッセルの記憶だったはず。あの記憶の中で、彼女は走りながら内にいる誰か……レティシエルに助けを求めていた。

「まさか……」

「そのまさかだ。背中まで手は届いたが、油断していたせいで反撃を受けたがな」

背中に痛みが走った気がする。

前に、背中に痣があるとニコルが教えてくれたことがあった。

前世で自分の胸を刺し貫いたときの痕が残っているみたいで、ずっと気味悪いとは思っていたが、実害があったわけでもなくさほど気にしてはいなかった。

しかしまさかあの痣が、彼によってつけられたものだったとは……。

「なぜそんなことを……」

「なぜ？　それはお前が貴重な実験台だったからだ。簡単だろう？」

事もなげに少年はそう答えてきた。どこが簡単なのかまったく理解できない。

「あなたは何者なの？　どうして私に付きまとうの？」

「……へぇ？　それも忘れてるんだ」

一瞬、少年の声色が確かに半トーンほど低くなった。

レティシエルを見る彼の目には、先ほどまでなかったドス黒い憎悪がにじんでいる。

「だから私はお前が憎いんだよ、レティシエル」

彼の正体を特定できずに困惑しているレティシエルをよそに、少年はこちらを睨みながら言葉を絞り出していた。

「父さんを裏切って殺しておいて、よくそれを忘れてのうのうと生きていられるね、この人殺し」

「父、さん……」

脳裏に一人の人物の姿が蘇る。前世でただ一人、レティシエルに『人殺し』の烙印を押した人。

レティシエルの魔術の師匠の一人娘。かつてレティシエルとはいいライバル関係にあった少女……。

「……サラ？」

かつて幼馴染だった少女の名前が口から落ちた。

「サラなの……？」

「そうだよ。やっと思い出した？」

信じられなかったが、仮面の少年はレティシエルの問いにあっさり頷いて見せた。

思わず彼の顔を凝視するが、仮面で半分以上は隠れてはいるものの、サラの面影などどこにもない。

しかし、それなら以前屋敷を襲撃してきた仮面の人物が転移を使っていた理由も説明がつく。

今の転移術式が完成した時期こそナオと出会ったあとだが、その原型となる術式ならレティシエルは小さい頃に思いついていた。

そしてそれを先生にも、サラにも、教えていた。

「どうして……？　どうして、こんなことをするの？」

百歩譲ってあの少年がサラだとしても、なぜ彼……彼女はこんなことをやっているのだろう。

先生が亡くなったあと、サラはレティシエルの前、ひいてはリジェネローゼ王国からも姿を消してしまった。

だからその後の消息はわからないが、レティシエルの知っているサラは、決して魔術で人を傷つけることはなかった。

「答えて、サラ！」

「そんなもの、復讐に決まっているでしょう？」

レティシエルが思わず声を荒らげても、サラの受け答えはどこまでも冷静だった。

「父さんを殺したお前が、のうのうと生きて安らかに死ぬなんて許せない。永遠にこの世をさまよって苦しめばいい」

「……」

「今でもお前が私の剣で自害したときのことを覚えてるよ。あのとき一矢で呪ってやりたかったが、あの男の横槍のせいで殺すのに余計な手間がかかった。でも千年越しにお前の魂がまだ地上に縛られてて安心したな」

「……っ！」

レティシエルの顔色が変わる。

この転生がサラの仕組んだものと知って驚愕しているわけでもない。

レティシエルの最期に立ち会ったあの兵士が男だったことを思い出して困惑しているわけでもない。

矢と剣、呪いの邪魔をした男。心当たりが、一人しかいない。

最期のときの直前、放たれた矢は一本だけ。

それを代わりに受けて命を落としたのは、レティシエルではない。

まさか、ナオを殺した毒矢は……。

「ハハッ、アハハハ！　その顔！　その顔が見たかった！」

サラの狂笑がグワングワンと空間内に歪にこだまする。

「どう？　苦しい？　憎い？　大事な人が殺される思いを、お前も味わえばいい！」

どうやって息を吸えばわからない。足に意識を集中させていなければ倒れてしまいそうだった。

——私は先生を殺していない。

その言葉が喉までせり上がってきたが、口に出る前に呑み込んだ。

先生の家が燃え落ちたときに、先生は救いを求めてなかったと、一度だけサラに言ったことがあった。

だけどサラがそれを信じることはなかった。

そして時間が経てばレティシエルのほうも、先生を助けられたのでは、と思考が悪い方向にばかり転び、彼女の恨みを受け入れるようになった。

「……っ」

今すぐここでサラを殺してやりたい衝動に駆られ、自分で自分の腕に爪を食い込ませた。

そんなことをしてはダメだ。激情に任せてサラを殺しても、事態は何も解決しない。むしろ悪化する可能性だって考えられる。

仇を取ったとしても、過ぎ去った時間は戻ってこない。空しいだけだ。

皮膚が切れるほど強く唇を噛みしめた。ここで、負の感情に流されてはいけない。

「……それだけではないでしょう？」

「何？」

「私に、復讐するためだけではないでしょう？　それだけが目的なら、あなたまで千年のときを跨いでここにいる必要なんてない」

「……」

遠くて音は聞こえなかったが、口の動きからしてサラが舌打ちをしたのが見えた。

なんでかは知らないが、あるいはレティシエルがもっと取り乱すと思っていたのかもしれない。

「そういう察しの良いところが憎たらしい……」

「質問に答えて」

「あぁ、そうだ。私にはやらなければならない使命がある。そのための千年だった」

バッと両手を大きく広げ、まるで演説でもしているかのようにサラはレティシエルにそう告げた。

「私は魔術を滅ぼす者。この世界から真に争いの根源をなくす者だ！」

「……魔術を？」

何を言っているのか理解できなかった。魔術を滅ぼすなんて、そもそもこの時代には魔術はもう存在していない。

「そんな大それたこと、どうやって……」

「この力があれば可能なんだ……！」

「!?」

唐突に、黒く塗り固められた漆黒の弾丸がレティシエルに向けて放たれた。

ほぼ反射的に頭上に結界魔術を展開した。もちろん無属性魔術で威力を強化するのも忘れない。

先ほど白髪兵たちを無力化するために固定したのが仇となっている。動けない彼らを守るためには、結界自体を空間全体に拡大するしかなかった。

「この力って……」

「今更驚くこともないだろう？　呪術を相手にするのは初めてではないんだからな」

「呪術……」

それが、レティシエルが何度も戦ってきた、黒い霧をまき散らすあの謎の力の名前らしかった。

「こんな力をどうやって……」

「相反する二つの力は、強引に一つに集約すればそれだけで強大な力になるからな」

「なっ！」

サラが言っている言葉の意味がすぐにピンと来て、レティシエルは目を見開いた。

「魔素と魔力を体内で融合させているの!?」

「融合させてはいけない規則でもあったか？　リバウンドを乗り越えられるなら、これほど圧倒的な力は他にない」

「だから、そのリバウンドが——……」

そのときふと気づいた。先ほど戦っていた白髪兵たちは、誰一人リバウンドを起こしている人はいなかった。

魔素と魔力の融合によるリバウンドは、何百年と研究を重ねても研究者たちが解決できなかった問題、呪術がそれを克服できるとは考えられない。

ならば残された方法は一つ、何かがリバウンドの衝撃を代わりに引き受けている。

「……宝玉？」

どんな効果を秘めているのか不明の、あの黒い宝玉。あれがリバウンドを肩代わりしているとは考えられないだろうか。

だから宝玉を持たなかったフリードとロシュフォードは、霧の力に耐えきれなかったのではないか。

「何度見ても珍しい事例だ……お前は呪術のさらなる発展のための極めて希少な実験サンプルなんだ、喜べ」

「……」

「どうした、レティシエル？　さっきまでの勢いはどこに行った？」

「サラ……」

せせら笑うサラをレティシエルは鋭く睨みつけた。

結界の強度が下がってきていることは自覚している。空間全体をカバーするほどの大きな結界だ、必要な魔素の量も尋常ではない。

同じく魔素を消費するのでも、レティシエルのほうが遥かに力尽きるのが早いことは目に見えている。

「……？」

揺らめく霧越しに一瞬奇妙なものが垣間見えた。

サラの右肩の後ろあたり、何もないはずの空間に、ぼんやりと黒い影のようなものが浮かび上がっている。

岩壁がそもそも暗い色のせいでよく見えないが、なんとなくその影はサラの体からにじみ出ているような印象を受けた。

あれはいったい……？

「よそ見をするとは余裕だな」

「……くっ」

こちらに放たれる黒い弾丸の数が一気に倍になった。

すぐさま結界の強度を上げたが、魔素をかなり消費しているせいでさほど効果はなく、少しずつレティシエルのほうが押され始める。

やがて弾丸が直撃した場所からピシリとヒビが走る。もうこれ以上は持ちこたえられそうにない。

どうにかして攻撃をしのぐ方法はないかと必死に考えを巡らせてみたが、ここの魔素が有限で、黒い霧への対策が他にない以上、どうしようもなかった。

結界に刻み込まれるヒビの数だけがさらに増えていく。もはや万策尽きたと思われた。

ドゴォン!

突如、岩を爆破させたような轟音(ごうおん)が響いた。

それと同時に一陣の風とともに、何かがヒラリとレティシエルの前を飛び去っていった。

「……!」

それはレティシエルが展開させている魔導術式にフワリと張り付く。

途端に見知らぬ術式が、魔導術式に重なり合うように純白の光を放ちながら空中に浮かび上がる。

呆然(ぼうぜん)としていられたのも一瞬だけで、すぐに膨大な量の何かがレティシエルの中に洪水のように流れ込んできた。

（な、何!?）

わけがわからなかったが、二つの術式が互いに反発し合っていることだけは瞬間的に悟った。

おそらく、今レティシエルの中に流れ込んでいるのは、あの見知らぬ術式に込められた誰かの魔力だ。

魔力と魔素をそれぞれ燃料としている術式が、リバウンド現象を起こさないわけがない。

しかしこのままではどちらの術式も暴発して、周囲にいる民間人たちも巻き込んでしまう。

とにかく、どうにかしないといけない。

左目が熱を帯び、ナイフでも突き立てられたような激痛が走る。

それでも一歩一歩探るように、着実にレティシエルは二つの式を融合させていく。もう少しで何かを摑めそうな気がする。

一瞬だけ、左目の痛みがふっと消えた。

ついに術式を完全融合させる最後のピースが見えた気がして、感覚を頼りにレティシエルはそれを手繰り寄せた。

パキィイイン！

「……っ！」

そして陶磁器が割れるような音とともに、融合を果たした二つの術式が爆発した。

レティシエルの制御が誤ったわけではない。最初から融合したら爆発するように設定されていたらしい。

爆発と同時に爆心地を中心に暴風が巻き起こった。

空間内に充満していた黒い霧は、それだけですべて一瞬にして浄化された。

何が起きたのか事態が呑み込めていないレティシエルの視界に、空中からヒラリと降ってくる何かが映る。

よく見るとそれは燃えて塵（ちり）になっていく四角い紙だった。

端に着火した小さな炎はゆっくりと紙全体に広がり、やがて地面に落ちると同時に紙も跡形もなく灰になった。

「……錬金術？」

紙を媒体にして術式によって発動させられる力はそれしか知らない。

屋敷の襲撃の際、エディが使うところを見たのが最初で、それ以外にも使い手がいるなんて知らなかった。

「……ドロッセル！」

続いてエーデルハルトが兵士らを引き連れて駆け込んできた。

もしかして、錬金術の術式が書かれたこの紙を投げ込んできたのは彼なのだろうか。

　いったいどこから入ってきたのかと一瞬戸惑ったが、先の轟音で破壊されたのは無数にある石のドアのうちの一つだった。

　白髪兵戦のとき、一つだけ固く閉ざされたままだったドアだ。中には微かだが階段のようなものが見える。

「ふぅん？　思ったより来るの早かったな」

「何者だ！」

「名乗る必要なんてある？　お前たちにはよくわかってるだろ？」

　その通りだろう。

　真っ白なローブを身にまとい、仮面で顔を隠した少年の統領。ローブの胸には車輪十字の紋章。

　それだけでエーデルハルトには、目の前にいる三人が白の結社の幹部たちだとすぐにわかっただろう。

「何を企んでるのかは知らんが、うちの国でこれ以上勝手を許すわけにはいかない」

「ハハッ、せいぜいあがけばいいさ。どうせお前たちが何をしようと、私たちを止めることなんてできないんだからな！」

「待て！」

　すぐさまエーデルハルトが追撃の指示を出そうとしたが、弓兵が矢を放ったときには、高台の上にはもう誰もいなかった。

忌々しそうにエーデルハルトは顔をゆがめたが、追跡は不可能だと判断してすぐに兵士たちに次の命令を出す。

それを受けて兵士たちが人命救助をすべく動き出している中、エーデルハルトは真っすぐレティシエルのところに駆け寄ってきた。

「ドロッセル、大丈夫だった!?」

「は、はい、なんとも……」

体はなんともないが、心が痛い。サラにぶつけられた言葉がまだ胸に刺さって、早鐘を打つ心臓は未だ落ち着く気配が見えない。

「なんともないわけないだろ！　強がるな！」

「……っ」

レティシエルの言葉を遮ってエーデルハルトが怒鳴った。

初めて、しかも真正面から聞いた彼の怒鳴り声の大きさに思わず身をすくめてしまう。

目の前には、レティシエルの腕を摑んでこちらに鋭い視線を向けているエーデルハルトがいた。

あぁ……また、この顔だ。

別荘跡地でレティシエルを引き留めたときも、彼はまるで自分が怪我をしているような苦しそうな顔をしていた。

「あのとき、跡地にいたときと同じくらいひでえ顔色してる。今にも死にそうだぞ」

「……」

「とりあえずこっち来い。無理はしないでくれ……」

レティシエルの手を掴んだままエーデルハルトは歩き出した。引かれるまま、レティシエルもその後ろをついていく。

やってきたのは、この広い空間の一角にある簡易的な物資置き場だった。

乱雑に積まれている箱たちは、多分ここに怪我人がいると知って上から兵士たちが運んできたものだろう。

「ほら、甘茶」

「……ありがとうございます」

その辺にある頑丈そうな木箱にレティシエルを座らせ、エーデルハルトは兵士たちのところから温かい飲み物を持ってきてくれた。

座って良いものなのかと一瞬たじろいだが、座って良いものらしい。

持ってきてくれたお茶を一口飲むと、まろやかな蜂蜜の甘みがほのかに香った。

温かさが体の中からじんわりと広がっていくのを感じ、初めて自分の体が冷えていることに気づいた。

そのまま一気に半分くらいまで飲んだ。

体が温まってきたおかげか、口から飛び出そうなほど脈打っていた心臓は、少しずつ落ち着き始める。

「……あの、どうして殿下がここに?」

ここに来ることを、当たり前だがレティシエルはエーデルハルトには伝えていない。

しかもあの部屋の隠された出入り口からして、この場所は外部には存在を知られていない可能性が高い。

なのに、彼はどうやってこの場所を突き止めたのだろう。

それにレティシエルが入ってきた下り坂ではなく、彼らは全然別の場所にある階段から降りてきた。

レティシエルが知らない別の隠し通路でもあったのだろうか。

「どうしてって、そりゃ助けにだよ」

「それはわかるのですが……」

「礼は君のとこの使用人たちに言ってくれ」

「……使用人?」

「ああ。さっき王都の警備隊詰め所に、君の使用人を名乗る男二人が駆け込んできたんだ。人攫(ひとさら)いのとこにお嬢様が一人で乗り込んでいったって」

ルヴィクとクラウドだと瞬時に察した。どうやら貧民街から出たあとに助けを呼びに行ってくれたらしい。

「こちとら非常事態で、情報があれば喉から手が出るくらいには欲しいからさ、すぐに動いたわけ」

「なるほど……それでここを見つけたんですか？」

「いくつか怪しそうな場所は絞り込んでたんだが、最後の特定にはあと一歩証拠が足りなかったんだ」

だから今回も、やむを得ず絞り込んだ場所に兵力を分散して派遣し、そのうちの一部隊がこの当たりクジを引き当てたというわけだと、エーデルハルトは言った。

「ありがとうございました、殿下」

「気にするな。人命救助に動いたまでだからさ」

「あの、殿下。ご指示いただきたいことが……」

「ん？　わかった、すぐ行く。じゃあまたあとでな」

「あ、はい」

一言断りを入れてから、エーデルハルトは兵士と何か話し込みながら人垣の向こうへと消えていった。

残されたレティシエルは、今一度サラたちが立っていた奥の高台を見上げる。

サラの嗤い声が、まだ耳にこびりついているような気がした。

＊＊＊

サラたちが姿を消したあとも、兵士たちはしばらく周囲を警戒していたが、やがて民間人の救助を始めた。

甘茶のおかげで気持ちも多少落ち着いてきたので、レティシエルもそれに協力する。

そもそも倒れている人々はレティシエルが魔術で拘束したのだから、同じく魔術で解く必要があるのだ。

「おい、水をもっと持ってこい！」

「誰か手が空いてるヤツがいたら手伝ってくれ！」

なまじ地下のこの空間の天井が高いこともあって、各々の兵士たちの声がやたら反響してよくこだましていた。

担架で人々を運ぶ兵士たちと一緒にレティシエルも螺旋階段を上った。

例の黒い宝玉が力の源であるため、それを取り外されている今、兵たちに運ばれている人々の髪の色はもとの色に戻っている。

階段を上りきった先には、鈍器か何かで破壊されて穴が開いた壁があり、その向こうには小さな部屋が見える。

潜り抜けてみるとそこは木でできた小屋のようで、麻袋やら木の板やらが壁際に積み上がっている。物置か何かだったのかもしれない。

なお、穴が開いている箇所はもともと暖炉だったらしい。破壊される前は暖炉の中で行き来していたのか。

「……あ」

小屋から出ると、正面に設置されている簡易テントの前に座っていたルヴィクが、レティシエルの姿を見つけて立ち上がった。

あれだけ降っていた雨も気づけば止んでいた。空は灰色のままだが、ところどころ隙間からうっすら日が差している。

「ルヴィク……」

「あ、えっと……だ、大丈夫、ですか？」

「うん、平気よ」

「……」

「……」

そこで会話が途切れてしまった。

ルヴィクのほうがまだ警戒しているのもあるかもしれないが、多分自分から話を広げられないレティシエルも悪い気がする。

「……もしかして、ルヴィクだった？」

「何が、ですか？」

「警備隊よ。誰かが呼ばなければ、あんな短期間であの場所を特定できないでしょう？」

「あ……はい、お嬢様と別れた後に居ても立ってもいられなくなって、クラウドに会ってから詰め所に駆け込んだんです」

そう言ってルヴィクはちらりとどこかに目を向ける。

その視線をたどった先には、警備隊員から毛布や水などをもらっているクラウドの姿があった。

「そう……ありがとう、ルヴィク。おかげで助けられた」

「い、いえ、私は当然のことをしたまでで……それにお嬢様のことも、心配でしたので……」

「それでもよ。心配してくれてありがとう」

首を横に振り、レティシエルはルヴィクの横顔をじっと見つめる。

やはりルヴィクは根本的にレティシエル……ドロッセルのことを嫌いになっているわけではない。

彼がこちらのことを避けているのは、おそらくレティシエルについて何かしらの不安を抱いているから。

　不安を抱かせていることも、今となればなんとなく自覚できる。

「ねえ、ルヴィク」

「はい」

「私、昔のことをほとんど何も覚えていないの」

「え？」

　唐突にそんなことをカミングアウトし始めたレティシエルに、ルヴィクが目を丸くしていた。

　ルヴィクが具体的にどんな不安をレティシエルに抱いているかは、憶測だけで確かなことは言えない。

　でもレティシエルが、ルヴィクに対して隠していることがたくさんあるのは事実。魔術のことを魔法と偽って話したくらいである。

　だからレティシエルは腹を決めてルヴィクに自分の事情を話すことにした。

　相手の警戒を解くには、自分のほうから歩み寄らないといけないとレティシエルは思っている。

　それにルヴィクは、ドロッセルが六歳のときからそばに置いている執事。二人の絆(きずな)を信じることにした。

「私が割ったガラス片で首を刺そうとした日のことを覚えているかしら？　あの日の朝、目が覚めたらそれより前の記憶が一切消えていたの」

ただ前世の記憶があることについては伏せておく。話しても、余計混乱させてしまうだけだろうから。

「最初は自分が誰なのか、あなたが誰なのかも全然わからなくて、全然知らない場所にいることに困惑したわ。でも日にちが経てば経つほど、あなたが私にとって大事な人だったことがわかってきた」

ルヴィクとの出会いも覚えていないことも、レティシエルは包み隠さずルヴィクに伝えた。なんだかいたたまれなくて、ルヴィクの顔を直視できない。

「いつか言おうとは思っていたけど、それを伝えたらあなたを傷つけるかもしれないと思うと、言わないままで済むなら、このまま黙っていたほうが良いのではないかと、勝手に思っていたわ」

最初はよく知らないルヴィクが信用しきれなかったせい。

時間が経ったあとは今の関係が壊れるのが恐ろしかったせい。打ち明ける機会はいくらでもあったのに、レティシエルはそれをしなかった。

「でも、あなたを信じて、もっと早く言えていれば良かった。そうすれば、ここまで不安にさせることもなかったかもしれないのに……ごめんなさい、ルヴィク」

「か、顔を上げてください！　私なんかに頭を下げてはなりません！」

深々とルヴィクに頭を下げると、すぐさま裏返った彼の声とともに、肩を押されて無理やり元の姿勢に戻された。

レティシエルはもうとっくに貴族ではないのだから、使用人だから頭を下げてはいけない、なんてことはないと思うのだが……。

「……お嬢様」

「何？」

「話してくださって、ありがとうございます」

ショックを受けるかもしれないと思っていたが、思いのほかルヴィクは落ち着いた笑みを浮かべていた。

「領地から戻って以降、ずっとお嬢様は本当に私の知るお嬢様なのかと疑っていました。そんなことはないと思えば思うほどうまくいかなくて……」

今度はルヴィクの告白が始まった。

それはこれまで、ルヴィクの心中がわからずずっと聞きたいと思っていた、屋敷に戻って以降のルヴィクの気持ちだった。

「もし本当に別人だったらどうしようと、お嬢様とお会いしても怖くて逃げてばかりでした。本当に無礼をお許しください」

「謝ることはないわ。もとは私がルヴィクに記憶のことをずっと隠していたことが原因だし、あなたの不安は抱いて当然のものだもの」

「いえ、お嬢様のせいではありません。私が一人で勝手に暴走してしまったからです」

どうやら領地でレティシエルが気を失っていた間、ルヴィクはエーデルハルトと一言二言話す機会があったらしい。

そのときにエーデルハルトの言葉から、これまで抱いてきた違和感もあって思考がどんどん悪い方向に振れていってしまったのだという。

(やっぱり私が原因じゃない……)

心の中でレティシエルは自分の非を確信したが、それを言うとルヴィクがさらに萎縮してしまいそうだから、猛省することにとどめておいた。

「私は、過去にとらわれすぎたのかもしれません……」

「いいえ、そんなことはない。むしろルヴィクには、昔の記憶をずっと大事にしていてほしいと思うわ」

「……？　それは、どういう……」

ルヴィクが少し困惑したように問い返してきた。レティシエルは灰色の空をぼんやり見上げた。

「私は私の過去を知らない。今も思い出せていないことがほとんどだし、これから思い出せるという保証もない」

　空を振り仰いでいた視線を下ろし、レティシエルはルヴィクに向き合い、その目をしっかりと見据える。

「だからあなたが私を覚えていて。ずっとそばで私を見てきたのは、ルヴィクだけだと思うから」

「お嬢様……」

「それで……少しずつでいいから、昔のことを教えてくれないかしら？　やっぱり何も覚えていないのは、ちょっと落ち着かないの」

「……！」

　ルヴィクが驚いていることは、顔を見ずとも息を呑んだ音で察した。顔に出ていないことを祈りつつ、なんとなく軽く頬を掻いてしまう。

「お嬢様からそんなご要望を出されるとは予想外でした。何と言いますか……今のお嬢様なら、昔のことは気にしないと、ご自分の思うように歩いていきそうだと思ったのですが」

「……自分のことを自分が一番知らないのが、むずがゆいのよ。……それで、頼んでもいいかしら？」

「はい、私で良ければいくらでもお話しいたします、お嬢様」

「ふふ、ありがとう。頼りにしてるわ」

ようやくルヴィクと普段通りに話せるようになったことが、思ったよりもレティシエルは嬉しかった。

「あの日屋敷を出たあと、ルヴィクは街に行って何をしていたの？」

「あぁ。買い物をする前に、クロヴィス修道院を見に行こうとして、そこで……」

「……？　どうして修道院に？」

「クロヴィス修道院は私が育った場所なんです。私は孤児だったので」

「あら、そうだったのね」

それはレティシエルが初めて聞いたことだった。

どうやら話を聞く限り、心中に様々な不安が渦巻きすぎて、気を紛らわそうと修道院に足を運んだのだという。

「……あ、そういえば」

「？」

「修道院といえば、一つ覚えていることがあるの」

「なんですか？」

「いつ頃の記憶かはわからないけど、男の人を見たわ。あの修道院の鉄の門を出た正面に家があるでしょう？　あの下に。あの日はちょうどさっきみたいな大雨の日だったわ」

「……っ！」

横でルヴィクが小さく息を呑むが、同時に二人の間を強い突風が駆け抜けていき、レティシエルは彼の反応に気づかない。

「ルヴィクと同じ髪色をしている人で、多分レインという名前だったと思うけど……あの人、今どうしてるのかな？」

「……心配はいりませんよ」

「ん？」

「その人はとても幸せですよ。私が保証いたします」

「……？　そう？　なら良かったわ」

嬉しそうにそう言ったルヴィクに、若干首をかしげつつもレティシエルは納得することにした。きっとルヴィクの知り合いなのだろう。

「あ、ドロッセル」

そこへエーデルハルトがやってきた。普段の明るい気配はなりを潜め、その表情はいつになく険しい。

「少し、外で話さないか？」

「……わかりました」

彼の様子からして深刻な話だとは思う。

レティシエルにとって深刻なことが複数あるから、どれを切り出されるのかは予想つか

ないが。

　建物の外に出ても、エーデルハルトは足を止めない。そのまま建物の裏側に回り、そこでようやく立ち止まった。

　正面にはかなり大勢の兵士たちが行き来しているが、裏は一転して生き物の気配もない。内緒話にはちょうどいいのだろう。

「……」

「……」

　両者沈黙。こちらから何を話せばいいかわからないし、レティシエルはエーデルハルトが話し出すのをじっと待った。

　やがてエーデルハルトは迷いに迷い、長いため息をついてようやく口を開いた。

「……君は、あの仮面の少年を知っているのか？」

　エーデルハルトの視線が真っすぐレティシエルを捉える。まるでレティシエルの一挙一動に注目しているかのようだ。

「知っている、と言えるのかどうかはわかりません。少なくとも世間一般で言う知人とは違うかと」

「……どういうこと？」

「彼は私のことをよく知っているようですが、私のほうは彼をほとんど覚えていないのです」

先ほどサラから聞かされた話を、レティシエルはそのままエーデルハルトに伝えた。

二年前の誕生パーティーの夜、公爵邸の庭で彼がドロッセルと接触し、その際に不意打ちを食らって二年も活動停止に追い込まれた。

その話を聞くと、エーデルハルトはすぐさま顔色を変えた。

「じゃあ、あれ以来君の性格が豹変してしまったのは……」

「肝心な私の記憶がないので絶対と断言はできないのですが、おそらくはこのときの出来事が原因ではないかと」

「そうか……。彼が、君に接触した理由は？」

「それについては私もよくわかりません。私は極めて珍しい特殊体質で、呪術のさらなる発展のための実験サンプルだったと、彼は言っていましたが……」

「実験サンプルって……君の何が珍しかったんだ？」

「そこまでは……」

「うーん……」

顔を見て、何度見ても珍しい事例だ、と呟かれはしたけど、この顔のどこが珍しいのだろうか。

話を聞き終わってからも、エーデルハルトはまだ神妙な顔をしている。

ここまで一切話題には上っていないが、チラチラとレティシエルの顔色を窺（うかが）っている彼が何を言いたいのか、なんとなく想像できていた。

「殿下」

「ん？」

「他にも聞きたいことがあるのではありませんか？」

「……」

「何か言いたそうな顔をしていらっしゃるようなので」

レティシエルのほうからそう切り出すと、一瞬だけエーデルハルトが面食らったように目を見張った。

まさかこっちから話題を振るなんて想像していなかったのだろう。

「……君は、いったい誰なんだ？」

しばらくしてエーデルハルトはレティシエルにそう訊（たず）ねた。

さっきまでとは比べものにならないほど、彼の眼光は鋭くなっている。むしろこの質問こそ、彼が本当に聞きたかったことなのかもしれない。

「あの少年と君の会話を俺は少しだけ聞いていた。彼は、君のことを『レティシエル』と呼んでいた」

「……」

「君も彼のことを『サラ』と呼んでいた。相手は男なのに、女性の名前で呼ぶなど不自然ではないか？　君もアイツもなんなんだ……！」

話しているうちにだんだん感情が抑えきれなくなったのか、最後にはほとんど吐き捨てるような言い方になっていた。

「隠し事はなしだ。あんた、本当は何者だ？」

じっとこちらを睨み、エーデルハルトは腰に差している剣に右手をさりげなく添える。

多分、答え次第ではレティシエルを斬ることもいとわないだろう。例えば実はこちらがなりすましの偽者だった場合とか。

「……時々、殿下が何か言いたそうに私を見ていたのは、やはり私に疑念を抱いていたからだったのですね」

もちろんそんなわけはないのだが。

領地から戻ってから、エーデルハルトがしばしこちらを観察するように見ていたことには気づいていた。

単調直入に切り込まれた以上、もはや隠し通せることではないだろう。小さく微笑み、レティシエルもまたエーデルハルトの目を見据えた。

「天に誓って隠し事は致しません。ですので、どんなに突拍子もない話と思われても、どうか信じて聞いてください」

「……？」

「私はドロッセルです。少し前まで公爵家の令嬢で、おそらく殿下が昔から存じているドロッセルと同一人物です」

「だが、あんたは……！」

「ですが、私はドロッセルであると同時にドロッセルではないのです」

「……は？」

「前世の記憶がある、と言ったほうがわかりやすいでしょうか」

エーデルハルトはキョトンと呆けてしまった。予想通りの反応だから特に驚きはしない。

「そんな話、信じられるわけ……」

「ええ、にわかに信じがたい話だという自覚はあります。ですが誓って嘘はついておりません」

「……」

「私は今から千年前の時代に生きていました。当時は大陸暦も魔法も、プラティナ王国もありません。豊かな自然や生態系もない、砂と石ばかりの荒れ果てた世界でした」

故国であるリジェネローゼ王国のことだけに絞って、レティシエルは簡単に話して聞かせた。

前世の自分の出自まで話すと、かえって事態がややこしくなるだろうから。

話しているうちに、この時代に来てずいぶん長いこと前世の思い出を口に出していなかったことに、今更ながら気づいた。

今となっては歴史にも伝え残されていないリジェネローゼの話を。

「私が使っている魔術という力も、千年前……前世の時代では魔法に相当するほどの普遍的な力でした。今ではどういうわけか滅亡していますが……。魔術を使わない戦争などなかったですし、むしろ魔力が高い人のほうが無能だと蔑まれていました」

「……今の時代に存在しない力を、君が持ち合わせていた理由はそれか？」

「はい。ご所望であれば千年前の……今ではアストレア大陸戦争と呼ばれている時代のこと、お話しいたします。現存資料が少ないので、証拠たり得るかはわかりませんが」

転生してきた直後、大図書室で調べ物をしたときの記憶が蘇（よみがえ）る。

あのとき見つけられたのは千年戦争時に特に強力だった国々のみだった。

生活文化や魔術に関する資料も皆無だったのだから、話してもきっと照合できる資料がないと思う。

「それと、ドロッセルとしての記憶も、完全に忘れているわけではありません」

「！」

「幼い頃に殿下が時計を修理してくださったことも、アレクシアとよく遊んでいたことも覚えています。あの別荘で、私のせいでアレクシアが亡くなってしまったことも……」

「あれは君のせいではない！」

レティシエルが言い終わらないうちに、上からかぶせるようにエーデルハルトが叫んだ。彼がこんなに声を荒らげるのを聞くのはやっぱり慣れないせいか、レティシエルは思わず口をつぐんでしまった。

驚いているレティシエルに気づき、エーデルハルトはハッと我に返ると気まずそうに視線を逸らす。

「あ……ご、ごめん」

「いえ、殿下に非はありませんよ。それに私に当時の記憶がないことも、最後に別荘から出たのが私であることも本当ですから」

その事件が原因で、王妃様も亡くなったのだから、という一言は心の中だけでとどめておいた。

「ずいぶん落ち着いてるんだな」

「……大昔に同じようなことがありましたので」

まぶたの裏に、赤く燃え上がる小さな屋敷の絵がぼんやりと映る。

ドロッセルと同じく、あのときはレティシエルにも人殺しの烙印が押された。押したのはサラだが、レティシエルにはそれを否定することはできない。

せめて亡くなってしまった先生には、幸せな来世があればと……。

（……あの話……）

昔を思い出して、ふと先ほどサラと話したことがポンと脳内に浮かんだ。
あのときの毒矢を外したから、レティシエルの転生に苦労したと彼女は言っていた。
聞いた当初は、サラがナオを殺し、一連の事件を画策したのかと衝撃のあまり気にしていられなかった。

「……はぁ」

思い出しただけでも頭に血が上りかけたが、何度か深く息を吸ってどうにか感情を落ち着かせた。
もしその話が本当なら、レティシエルの代わりに件（くだん）の矢を受けたナオは、レティシエルと同じく転生していることになる。
もしかして彼もこの時代のどこかで生きていたりするんだろうか？

「……しかし生まれ変わりか……。そんなこと、わかるわけないだろ……」

「信じてくださるんですか？」

「あぁ。信じがたい話だが……信じるよ。信じなきゃ辻褄（つじつま）が合わないことがあるのは確かだしな」

ガシガシとエーデルハルトは小さくため息をつきながら言った。
昔のドロッセルを知っている人間としては、レティシエルの告白はきっとすぐに受け入れられるものではないだろう。ルヴィクにだってここまで開示していない。

それでも手持ちの情報の整合性を優先し、感情を押し殺してレティシエルを再度受け入れる彼はとても王族らしいと思った。

「そういえば」

「？」

「俺は君のことをなんて呼べばいいんだ？」

「……？　お好きなように呼んでいいんじゃないでしょうか？」

少しとんちんかんに聞こえるエーデルハルトのその質問に、レティシエルは首をかしげた。

彼はこの国の第三王子なのだし、レティシエルの呼び方をどうしようだなど、本人に聞かずとも好きにすればいいのではないだろうか。

「……ならこれからはドロシーって呼ぶことにする」

「ドロシー……？」

「君の愛称だろう。昔は俺もアレクシアもそう呼んでた」

「いえ、それは知っていますけど……」

その名前を今の自分に対して使うことに、レティシエルは驚いているのだ。

「だって私は、殿下がドロシーと呼んでいた頃のドロッセルとは違ってしまっていますよ？」

「変わったからこそ、そう呼ぶんだ。振る舞いや言動は変わっても、君は今も昔も俺たちの幼馴染（おさななじみ）である『ドロッセル』だろう」

しかしそんなレティシエルの疑問をよそに、エーデルハルト本人は至極真面目だった。彼の目は一片の迷いもなくレティシエルを捉えている。

「俺が今まで君をドロッセルと呼んでいたのは、君が入れ替わりとかじゃなくて、本当に本物のドロッセルなのか疑っていたからだ。まぁ、ある意味皮肉だったのかもな」

「……皮肉、ですか」

「あぁ、だがそれはもう必要ない。俺は今の君がドロッセルだと認める。誰に強要されたわけでもない、俺自身が納得したことなんだ」

よどむことなく言いきって、エーデルハルトはレティシエルの前に自身の手を差し出した。

「俺は君を信じるよ、ドロシー。昔と変わってたって構わない。今の君だって十分面白いし、信頼に値する」

「面白いって……」

「だいたいこれだけ年数が経（た）ってるんだから、お互い変わってて当たり前だろ？　だから君も俺を信じてくれ」

昔と同じ名でレティシエルを呼ぶことは、エーデルハルトがレティシエルのことを信じてくれたという、何よりわかりやすい意思表示だ。

「……わかりました、エーデル様」

彼の意思を受け取り、コクリと頷(うなず)いてレティシエルはエーデルハルトの握手に応えた。

その名を聞いたエーデルハルトは小さく微笑んだ。嬉(うれ)しいような悲しいような、そんな複雑な表情だった。

＊＊＊

（それにしても、前世の記憶か……）

聞き存ぜぬ名前で呼ばれていたことを問い詰めたら、彼女から予想外の答えが返ってきた。

確かにそう言われるとすべての辻褄が合うし、エーデルハルトがこれまでドロッセルに抱いてきた違和感も拭える。

しかしそんな超常じみた事象が原因だなどと、いったい誰が予想できただろう。

「……」

「あ、別に信じてないわけじゃないからね」

ジーッとこっちを凝視してくるドロッセルにそう言う。

突拍子もないのは認める。でもそれ以外に、ドロッセルの近頃の言動を説明できることはないのだから疑うつもりはない。

「ならあの少年が、君の前世の名前を知っていたということは、君たちは前世から知り合いだったということか？」

「はい。姿形は変わって今は少年の姿をしていますが、私の幼馴染だった子です」

「……それで『サラ』か」

明らかな少年を少女の名前で呼んでいたのも、千年前のあの者が女性だったからだろう。

……一人ですらややこしいのに、どうしてこう何人も転生なんて厄介な事象に見舞われてるんだ。

「だがずいぶん険悪だった」

「……私は、あの子に恨まれているので」

「なぜだ？」

彼女らの会話はそれ以上聞いていないから、そこまではエーデルハルトも把握していない。

ドロッセルは沈黙した。千年前の幼馴染の情報を、果たしてエーデルハルトに話すべきなのか迷っているらしい。

だけどエーデルハルトは聞く気満々だ。

どんなところに手掛かりが転がっているかはわからないし、おそらくドロッセルの持つ前世の記憶が重要なカギになってくるだろう。

それに、幼馴染と同じ体の中で同居し続けている、顔も知らない少女のことが少し気になっているのもある。

「……アレクシアの事件は、本当にデジャヴだったんです」

「？」

ドロッセルがいきなりそんなことを言い出した。エーデルハルトは怪訝そうに首をかしげる。

「私はサラの父親を……私に魔術を教えてくれた先生を、火事で死なせてしまったんです」

一瞬、思いもよらない告白に体が凍り付いた。

もしやトラウマについて問いただしてしまったか、と内心慌てたが、火事のことを語るドロッセルの声は穏やかで、表情は和いでいた。

「その日、私は夕方に先生の屋敷を出たのですが、夜になってから忘れ物に気づいて戻ったんです」

エーデルハルトの焦りに気づかず、ドロッセルはどこか遠い目をしながらとつとつと話し始める。

そうして屋敷に到着したとき、一階と二階の窓から火の手が上がっていることに気づき、すぐさま師匠の部屋に直行したこと。

師匠の部屋はすでに火の海で、彼女が来たことに師匠は驚いていたらしい。

今ならまだ間に合うと、千年前の彼女はどうにかして師匠を連れて逃げようとしたが、師匠がその手を拒んだのだという。

――私の罪はここで償われるべきなんだ、と言って。

「結局、私は先生に無理やり押し出されるような形で窓から投げ出されました。水の魔術で火を消そうともしたんですが、何かに反発されてできなかった」

「……」

「そのときはまだ幼くて、魔術の腕も先生には全然かなわなかったから、多分先生がそれを無効化してたんだとは思うんですけど」

「……」

「外にはサラもいて、家が焼け落ちていくのを見て泣きながら、私に人殺しと言ってきたんです。なぜ先生の家に火が放たれたのかは今でもわかりませんが、否定はできませんでした。私が殺してしまったようなものですから」

「……ごめん」

先ほど彼女は、大昔に同じことがあったと言っていたが、確かにこれはアレクシアのときの事件と経緯がよく似ている。

アレクシアを死なせたことと、先生を見殺しにしてしまったことを、ドロッセルは重ねて見ている。

両者ともに、彼女にとっては大切な存在だったはずだ。

ならどうしてそんなに落ち着いて話すことができるのかと、聞こうと思ってやめた。

彼女の口元に浮かんだ、諦めの色がにじむ笑みが、彼女がその烙印(らくいん)を受け入れていることを明白に語っていた。

「殿下が謝罪することなんてございません。どうかお気になさらないでください」

いつものような淡々とした表情でドロッセルは首を横に振る。しかしその瞳には陰りが見える。

「なら彼の目的は復讐(ふくしゅう)なのか？」

ひとまず話を変えようと別の話題を提示する。

ドロッセルもまた火事の話を引きずることなく、そのまま話の流れに乗ってきた。

「サラは、魔術を滅ぼすのだと言っていました」

「魔術を？　しかしすでにこの時代に魔術はない」

「もしかしたら、彼女の言う抹消はただ魔術がなくなればいいという意味ではないのかもしれません。……あるいは私が使っているから不完全だと思っているのかも……」

言い終わってから、何かに気づいたのかドロッセルの顔からサッと血の気が引いていった。

理由についてはエーデルハルトもすぐに予想できた。ルクレツィア学園にいる、彼女の友人たちのことだ。

もし彼女が言ったこの仮説が正しければ、彼女の友人たちも白の結社の標的に含まれている。友人の身に危険が迫ることを案じているのだと思う。

「学友たちのことが心配なのか？」

「……ご存じなんですか？」

「君のサークルの事情は、ルーカス経由で上がってくる報告書を読んで知ってるんでね」

本当は父のところに提出されるものなんだが、何かと理由をつけて読ませてもらっていることは言わないでおこう。

「その件は、俺のほうからあとで父上に護衛を要請してみるよ。君の友だちは絶対傷つけさせないから安心してくれ」

「……ありがとうございます」

詰めていた息を吐き出し、ドロッセルはホッとしたようにはにかんだ。話を始めてから、彼女が心から笑ったのはこれが初めてかもしれない。

「そういえばエーデル様」

「ん？」

「エディという行商人をご存じですか？」

唐突の振りだった。不意打ちに動揺しなかった自分を今だけ褒めてあげたい。

「彼が、どうしたんだ？」

その行商人は自分と同一人物なのだが、ドロッセルの反応を見る限り気づいているわけではなさそうだった。

なのでエーデルハルトもシレッとうそぶくことにした。

あれは旅先での変装のバリエーションの一つにすぎないし、わざわざ明かすまでのことでもないだろう。

「いえ、以前私の屋敷が襲撃されたときに、その方が錬金術という力で助けてくださったんです」

「ふんふん、そうか」

「それで先ほどもそれと思しき力……もとい紙と術式が飛んできて、おかげであの場は切り抜けられましたけど」

「そうだね」

「あれは、もしかしてエーデル様の仕業なのかなと？」

やっぱり気づかれていた。いや、聡い彼女のことだから気づくだろうとは踏んでいた。

これだから彼女は面白い。

「そうだよ。話してなかったんだけど、俺の家……あ、母上の家系な。そこが代々錬金術の研究を細々と続けてる家なんだ」

「あら、そうでしたか」

「で、エディって行商人は俺も結構世話になっててね、錬金術に興味あるって言ってたし、才能もありそうだからつい教えちゃったんだ」

「なるほど。そうだったんですね」

我ながら理屈の通った説明だと思う。

さほど重要なことじゃないとわかっているからか、ドロッセルもこの説明に特に疑問を呈することなく納得した。

（……しかしあれは、なんだったんだ？）

先ほど結界が崩れかけたところ、咄嗟に彼女の魔術に錬金術の術式を補助に投げ込んだときのことだ。

無茶な方法だとはわかっていたが、それ以外にあの場でできそうなことが思いつかなかった。

少し危うくなった瞬間もあったが、ドロッセルが土壇場で見事に魔術と錬金術の融合を完成させたときにはドッと安堵の息が漏れた。

しかし融合が完成されたとき、彼女の左目が輝いていたのをエーデルハルトは目撃した。

赤い彼女の左目は、まるで何かに呼応するように赤い光を放ち、燃え上がる炎のように
も見えた。

あれはいったいなんだったんだろう？

「……！　殿下、こちらにいらっしゃいましたか！」

ちょうどそのとき、慌ただしい足音とともにアーシャが建物の裏に飛び込んできた。

今日も医療班として来ているため白衣を着ている彼女だが、激しく上下する肩と額に浮
かぶ汗で、かなり焦っていることがわかった。

「アーちゃん？　どうしたんだ、そんな慌てて」

アーシャがこんなに焦るなんて珍しい。エーデルハルトはすぐにそばまで駆け寄った。

「ほ、報告が……」

「うんうん、報告はちゃんと聞くからまずは落ち着いて……」

「それどころでは、ありません。最悪の、知らせです」

切羽詰まったアーシャの言葉に、エーデルハルトとドロッセルは互いに顔を見合わせる。

いったい何が起きているのだろう。

少しだけ呼吸が落ち着いて、キッと顔を上げるとアーシャはそう叫んだ。

「イーリス帝国が、我が国との同盟を破棄すると宣言したのです！」

終章　太陽の遺産

ランプの光だけが薄暗い部屋の中をぼんやりと照らしている。

大きな窓辺に置かれたロングソファーに、ワイングラスを片手に一人の男が座って月を眺めていた。

そのすぐ隣には、銀色の髪に青い瞳の女性がぴったりと寄り添っている。

冷たさをたたえた吊り目がちの青色の瞳に息を呑むほどの美貌と、美しく丁寧に巻かれた銀色の縦ロールが印象的な女性だ。

「ふん、やはりあの愚帝は王国との同盟を破棄したか」

「これできっと、帝国内はさらに混乱を極めるのではないかしら？」

「そうだな。だがオレにとってはどう転んでも有利にしかことは進まない」

プラティナ王国との同盟は、国内でも賛成反対が二分していた。

ラピス國という未知の脅威に対抗するために手を結ぶことが必要だという論と、南方の豊かな土壌を得ることが帝国の繁栄に必要だという論の二つだ。

しかし皇帝が一存で強引に破棄を決行したことは、賛成派と反対派の非難と不満をさらに爆発させる結果となっている。

反対派は今すぐプラティナ王国に攻め入るべきだと騒ぎ立て、賛成派は今すぐ破棄を撤回すべきだと訴えている。

「こうなってしまうことを、皇帝陛下は予想されなかったのですか？」

「一度こうだと思い込んでしまえば熱が冷めるまで誤りに気づこうともしないような男だ。すべての手続きが完了した今日になって慌てておった」

「まぁ、無様ですこと」

クスクスと、女性は楽しそうに笑った。

「あの男は生粋の阿呆だ、皇帝には到底ふさわしくない。愚かな兄などではなく、あの老害どもも初めから……」

「総督様をお選びになっていればよかったのに……。ねえ、総督様？」

「あぁ、そうだ、その通りだ。しかし、オレの考えてることがよくわかったな」

「あら、総督様のことなら私、なんでもお見通しですのよ？」

「ハッハッハ」

女性は数日前、イーリス帝国とプラティナ王国の国境沿いで保護されて男性のもとへやってきた。

そして彼女は、自身の保護を条件に男性に極上の情報をもたらした。

王国にいくら探りを入れても手に入れることができなかった、神の力を操る赤い瞳の少女と、その影に関わる白い影の情報を……。

内部からの情報提供者とも、彼女が持ち込んだ情報を照合させてもらったが、そのすべてが事実であることは証明されている。

しかしこの女の身元が未だ不明なこともあり、ついつい鎌をかけるような聞き方をしてみる。

「お前の持ってきた情報、本当に信用に値するんだろうな?」

「もちろんですわ、総督様。すべて総督様のために、わざわざ王国から持ち出した情報たちですもの」

「ハッハッハ、そうかそうか」

そう言って甘えてくる女性には、男性も悪い気はしていないようだった。

上機嫌にグラスの中にワインを注ぎ、若干の鼻歌をこぼしつつ一息で中身を飲み干した。

「総督様、とても嬉しそうですわね」

「当たり前であろう。お前が持ち込んだ極秘情報のおかげで、皇帝の玉座は今や目と鼻の先なのだからな。ハッハッハ、褒めてつかわそう、サーニャ」

「ふふ、嬉しい。ずっとおそばに置いてくださいませ」

口元を押さえて上品に微笑み、サーニャと呼ばれた女性は男性の肩にそっと身を寄せる。

貼り付けたその笑みの奥で、瞳にほの暗い炎が灯っていることに、男性が気づくことはなかった。

＊＊＊

窓が一つもない閉塞的な小部屋。

天井から吊るされたオレンジ色の電球だけが、室内を照らしている。

部屋の中心でデイヴィッドは壁を見上げながら立っていた。モフモフした髭と眉に隠された彼の表情は窺い知れない。

その部屋の左右の壁には大きな棚があり、そこには一見何がなんだかわからないガラクタのようなものが並べられている。

そのうちの一つをデイヴィッドは手に取った。

立方体の小さなオルゴールだ。金色のネジがついているだけのシンプルなデザインで、箱の裏には白い三角形が描かれている。

他のガラクタたちも、体のどこかに色がついた図形が描かれていた。それは赤い丸だったり緑の四角だったり、色や形は様々だった。

「集めるのにはずいぶん苦労したぞ、まったく……」

棚を眺めながらデイヴィッドはフォッフォと小さく笑う。

これらの遺産たちは、あの男がプラティナ王国内のあちこちにちりばめたことで収集するのに長い時間がかかった。

この場所を守るため、デイヴィッドは大図書室から動くことはできない。

第三王子に協力してもらわなければ、下手したらそろうのにもっと年月が必要だったかもしれない。

吟遊詩人として世界中を旅していたあの青年と出会ったのは、今からおよそ二十五年前のカランフォードの街中だった。

自分のことを多く語らない男だったが、かつては魔法の研究に携わる研究者で、同僚内でも知らない者がいないほどの変人だったという。

それでも彼がやろうとしていたことは、デイヴィッドの悲願の達成には絶対に必要なことだった。

だから彼が消息を絶つ十一年前まで、デイヴィッドはあの男と連絡を取り続けた。

「……」

デイヴィッドは短い両腕をチョンと組んで、一番奥の壁をジーッと見上げた。

棚も何も置かれていない奥の壁には、太陽に似た形のカラフルな図形が一面に大きく描かれている。

集められた遺産には、細切れにされた術式が図形の形を借りて刻まれ、封印されている。

その術式を抜き取り、一つの大きな術式として嵌め合わせ、再構築させたのがこの図形である。

「あと一つなんだがのう……」

色とりどりの太陽の図形は、しかしながら左端の一角だけ不自然に空白になっている。

この陣が完成すれば、結社の企みを止めることができる。デイヴィッドはこれを発動させる能力を持ち合わせていないが、託せる者はいる。

そのためにも、総力をあげて最後のピースを探し出さなければならないだろう。

「……あやつらはついに動き出した。ワシらも、そろそろ動かなければならん」

非道な人体実験を繰り返していた母を殺してから四百年、いつかこのときがやってくるのをずっと待っていた。

デイヴィッドに残された寿命はすでにそう長くない。その間に、あの娘にはできる限りの手段を伝えておく必要がある。

あの娘が、きっと人類と精霊を救える最後の希望なのだから。

「そうであろう？　ドゥーニクス」

今は亡き同志の名前を呼ぶ。返事は当然ない。

部屋の棚に置かれた大きな金庫を開けた。

そこには十一年前、スフィリア戦争が勃発する直前にドゥーニクスから預かった手紙が入っている。

宛て先は、すべて彼の息子。時が来たら、これらを必ず息子に渡してほしいと頼まれている。

だからその遺志に従って以前結社の紋章を記載した手紙を、彼を装って彼の妻に送り、それが彼の息子とドロッセルのもとに届いている。

「お主の遺志、無駄にはせぬぞ、我が同志よ」

一番上にあった手紙を手に取り、デイヴィッドは封筒をクルリとひっくり返す。

ドゥーニクスという名前は、あの男が吟遊詩人としてあちこちを流れ歩いていたときに、人々から便宜上そう呼ばれていたにすぎない通称である。

裏には差出人の名前だけが書かれている。

ローランド・ヴィオリス。

それが、デイヴィッドの同志の本名だった。

あとがき

この度は『王女殿下はお怒りのようです』五巻をお手に取っていただきありがとうございます。八ツ橋皓(やつはしこう)です。

領地での戦いが終わり、今巻で第二部に突入しました。

ついにプラティナ王国の外へ。そしてレティシエルの前世にも深く関わってくる仮面の少年と邂逅(かいこう)……。皆様のおかげで、やっとここまで書き進めることができてほっとしています。

物語も折り返し地点にさしかかってきました。第二部では様々な勢力の思惑や陰謀に巻き込まれながら、自分自身やドロッセルと向き合っていくレティシエルの成長を、楽しく見守っていただけたら幸いです。

最後に、担当編集Y様並びに拙著の出版に関わってくださったすべての方々、イラストを描いてくださる凪白(なぎしろ)みと様、コミカライズをご担当いただいている四つ葉ねこ様、そしてこの本をお手に取ってくださった読者の皆様に心から感謝を申し上げます。

それでは、また次巻でお会いできることを祈っております。

八ツ橋　皓

王女殿下はお怒りのようです
5. 邂逅、そして

発　　行　2020年8月25日　初版第一刷発行

著　　者　八ツ橋 皓
発 行 者　永田勝治
発 行 所　株式会社オーバーラップ
〒141-0031　東京都品川区西五反田 7-9-5
校正・DTP　株式会社鷗来堂
印刷・製本　大日本印刷株式会社

Printed in Japan　ISBN 978-4-86554-720-7 C0193

作品のご感想、ファンレターをお待ちしています

あて先：〒141-0031　東京都品川区西五反田 7-9-5 SGテラス5階　オーバーラップ文庫編集部
「八ツ橋 皓」先生係／「凪白みと」先生係

PC、スマホからWEBアンケートに答えてゲット!

★この書籍で使用しているイラストの『無料壁紙』
★さらに図書カード（1000円分）を毎月10名に抽選でプレゼント!

▶https://over-lap.co.jp/865547207
二次元バーコードまたはURLより本書へのアンケートにご協力ください。
オーバーラップ文庫公式HPのトップページからもアクセスいただけます。
※スマートフォンと PC からのアクセスにのみ対応しております。
※サイトへのアクセスや登録時に発生する通信費等はご負担ください。
※中学生以下の方は保護者の方の了承を得てから回答してください。

オーバーラップ文庫公式 HP ▶ https://over-lap.co.jp/lnv/

オーバーラップ文庫
──そして、少年は〝最強〟を超える。
ありふれた職業で
ARIFURETA SHOKUGYOU DE SEKAISAIKYOU
世界最強